# これやこの

サンキュータツオ随筆集



角川文庫
23771

目次

だれかを亡くした人に。
これから亡くなる人に。

これやこの

# 一

2016年春、5月17日、落語家・柳家喜多八《やなぎやきたはち》、「殿下」と呼ばれ愛された人が亡くなった。このことを、落語を好きな人しか知らないのが悔しい。66歳。通例であれば、これから黄金の10年を迎えるはずだった。技術を磨き、自分を発見し、一席ずつ身体に染み込ませていくように自分のものにした落語。そのためには捨てたネタも、試したネタも数多くあり、結果的に個性と体力を見極め、これから集大成に入るための10年。しかし癌は気まぐれにこの師匠を選んでしまったのだ。ただ、この師匠は病魔におかされてからも、何年も高座にあがり続けた。

2014年10月。渋谷《しぶや》ユーロスペースに呼び出された私は、翌月から落語会をやってほしいと頼まれる。オーナーである堀越《ほりこし》さんは単館上映の草分け的な存在としてユーロスペースという場所を作り上げ、カラックスを日本に紹介した人物として知られる。しかしこの人にはひとつ懸念があった。渋谷で長年映画を上映してきたが、近年では勢いのあった単館映画館の文化が廃れ、雨後の筍《たけのこ》のように林立していた館も続々と閉館している。渋谷は昔は文化を発信する街だった。落語でいえば東横《とうよこ》落語会があり、創作落語においても渋谷ジァン・ジァンが新たなものを生み出すアジトのような場所だった。

興行は8割、小屋と場所で決まる。

その土地に行きかう人々が出入りする空間のなかにあってはじめて公演は個性をもつ。都内には定席の寄席は新宿《しんじゅく》、池袋《いけぶくろ》、浅草《あさくさ》、上野《うえの》にあるが、大きい駅でいえば渋谷に寄席がない。それは、その場所がただ人が乗り降りする場所でしかなく、集合場所、騒ぐ場所であって文化が根付かない街であることを意味する。映画に携わっているオーナーにとっては、映画はもはや平日や土日を問わず昼間しか客の入らぬジャンルになってしまった現状、つまり年寄りしか観に来なくなったことが脅威に感じられた。オーナー自身も若くはない。そこで最後の仕事として劇場の1フロアを改築し、ライブ会場としたのである。

堀越オーナーがそこでやろうと思ったことは二つある。

ひとつは演劇とお笑いの中間的なショー、つまり良質なコメディ。もうひとつは、かつて渋谷の街で聴くことができた落語である。

しかしオーナーには過去の記憶はあっても現在の業界の動向を知る術《すべ》がなかった。

そこでプロデューサー的な「キュレーター」という肩書の人物を外注し、数年かけて人が安定的に来る場所にしようともくろんだ。落語会のほうの「キュレーター」なるものとして白羽の矢がたったのが、キュレーターという言葉の意味すらボンヤリとしていた私というわけである。どうやら、仲介した人物によって多少なりとも現在のシーンに理解があると思われたらしい。しかし私は落語業界と落語ファンを心底憎いと思った時期があるほど、愛憎入り混じった複雑な感情を持っていた。落語は聴きに行っても一定の距離を保つようにしていた。仲介者の顔をつぶしてはいけないが、やめたほうがいいと説得しにいくつもりで最初の会合にのぞんだ。

行ってみたら、すぐに「来月から落語会をはじめてください」というオーダーで、それにはさまざまな無理があった。予算がないこと、時間がないこと、落語家の名前を読めるスタッフすらひとりもいないこと。さらにいえば落語会が都内でも数多く存在し、新たに立ち上げる意味を見いだせないこと。しかも一日二回まわしで公演をして埋めないと採算が取れないということ。劇場の下見をしたら、ステージまでの動線もなければ、高座台も毛氈《もうせん》もない。もう土台むちゃくちゃな話なのだが、むちゃくちゃを通してきたからこの人物は、この単館映画館を成立させている伝説的なオーナーなのだ。私は即座に「無理です」と返答したもののまるで聞いていない。とにかくやってほしい、という一点張りである。

仕方がないので落語会のコンセプトを考案する時間をもらい次の会合の際に「初心者向けの落語会」というのはどうかと提案した。私は学生時代に落語会を催した経験があった。さらにいえば、芸人になってからも浅草キッドに師事して、その伝説的ライブ「浅草お兄さん会」の興行展開を見て育ったし、その後も自分たちと周辺の芸人でライブを立ち上げ、お客さんをどうやって集めたらいいのかを考えに考え抜いて集客のノウハウを学んできた。落語界には落語論や蘊蓄《うんちく》を語る人物はやまほどいるが、興行論に明るい人物がいない。一回きりのイベントを成功させる「点」はいくらでも作れるが、それを「線」にしたり、スターを生んだり業界に一石を投じるような「面」を作れる人物がいない。つまり、狭い業界なのだ。そしてそれで成立している部分もあるので危機意識は低い。しかし、それで仲間内だけで楽しんで幸せな面もあるので、私は特にそれを問題だと思わないようにして生きてきた。そうだ、これはこれで良いのだ、と。

単発的にただライブをやるだけの人と、私の知るやり方では、興行としての展開のさせ方が根本からちがうことを自覚していた。落語会の主催でいえば、ほとんどがプロと素人の境目はない。ちがいといえば、興行の規模や予算くらいのものである。ではプロの主催者とはなにか、と問えば、それは「点」を「線」にすることができる人のことを言う。

ライブは確認作業ではない。出会いと驚きを提供する場所だ。驚きとは、楽しいとかおもしろいとか以外にも、悲しいとかつまらないとか不思議とか、その場で感じることのできる圧倒的な感情なのである。テレビでりんごの映像を見るのと、実際のりんごを見て手に取り食べるくらいのちがいがある。ライブは後者である。常になんらかの形で想像を超える。上回ることもあれば下回ることもある。想像通りでは映像とおなじだ。だから確認作業ではダメなのだ。

「初心者向けの落語会」を標榜《ひょうぼう》する会は非常に珍しい。それはとても勇気がいることだからだ。というのは、落語会は「劇場」や「コンセプト」で動員する方法よりも、「演者の名前」で動員する方法に頼るという背景がある。落語会の宣伝やチラシでも、演者の名前と顔写真が大きく載っていて、あとは日程、料金、チケットの入手方法、会場の情報しかないものも多い。演者の名前で動員するということは、人気のある、すでにお客さんを持っている人を呼ぶということになる。つまり、この演者ならば行く、という時点ですでにファンなのである。

しかし、初心者はまず落語家の名前を知らないし、読めない。それでも近所の落語会に行ってみると、知らない人が出てきて稽古《けいこ》会のようなものをやっている。たままわからないことがあっても、聴きなれている人であれば、あんなことも言っていたけどなんだろう？　ですませることができるが、初心者はすべてをわからないと「わからないのは私が悪い」と思ってしまう。それは、演者はすべての人にわかるようにやっているはずだし、それが古典なのだから、だれがやってもたぶん私はわからない、というロジックに繫《つな》がっていく。ある意味で演者を非常に信頼したうえで、自己批判をして「勉強しなきゃ全部理解することはできないのではないか」という誤解となっていく。

しかし、そうではなく実際には少しくらいわからなくて当たり前だし、わからなくても噺《はなし》のおもしろさには影響のない些末《さまつ》なことだったりするのだが、そう思えるには全体をなんとなく理解できるまで聴かないといけない。大学は必要ない、というのは大学に行かないとわからないし言えないように。

したがって、右も左もわからない初心者の受け皿が圧倒的に少なく、あっても単発の単日公演だったりするのでそのピンポイントのスケジュールがはまらなければ即アウトという現状がある。主催者側はどうするかというと、会場にお客さんを入れたいので、お客さんを持っている人気者を呼ぶ。しかし人気者はどこも欲しがる。ベテランであればあるほど客は多い。結果、おなじ演者の取り合いとなる。あとは人気者の順列組合せのような落語会が増える。客はただ移動するだけで、初心者はどこに行けばいいのかわからないことになる。そういうわけで、名前を聞いたことがあるくらい有名な人の公演や、知り合いからの誘いを待つしかなくなるのだ。一方で、箱（劇場）を信用できる人や、落語をたくさん聴きこんでいる人、あるいはまったく知識がなく興味だけがある人が寄席にいく。そんな状況で「初心者向けの落語会」をうたったら、演者の持っている客は、自分は玄人だと思っているので来ない。最初に落語ファンをばっさり切り捨て、完全にゼロからお客さんを掘り起こして集めないといけない。そんなことはだれもやりたがらない。客が入らない会は演者にとっても客にとっても苦痛でしかない。

ただ、落語界には急務の宿題があった。向こう20年で亡くなっていくであろう既存の落語ファンをいつまで相手にするのか。人口が少ないとはいえ、30年後も落語を聴いている人たちを確保するには、いまの20代〜40代に落語を聴いてもらわなければいけないのではないか、という宿題である。しかし業界全体で、その宿題があることを知りながら、目先の集客の心配をして宿題に未着手である状態が2000年代に入っても続いていた。

前世紀で滅ぶと思われた落語界は、それでも談志《だんし》の力で風穴をあけた。派閥を問わず若い才能もぽつぽつと現れ、メディアにも登場しはじめた。大名人・志《し》ん朝《ちょう》は60を過ぎてすぐに亡くなってしまった。しかし、朝ドラや夜のドラマにも落語は扱われる題材になった。人前で「落語に興味がある」といっても恥ずかしい思いをせずに済む時代になった。

２０１１年には震災があり、家元　立川《たてかわ》談志も実体が消滅した。ただ、今世紀に入ってからの地道な活動が実を結び、少しずつではあるが、若年層も聴きにくるようになっていたのである。落語会は突然増えたわけではない。すでに飽和状態といっていいほどに、さまざまなニーズに対応できるようになった。しかし、ひとつだけ、「初心者」というニーズに応《こた》える「線」がなかった。

落語家の人数は、歴史上もっとも多くなった。専門情報誌である『東京かわら版』はホチキス製本ではなく背中つきの厚い小冊子となった。幸せな時代が到来したかと思われるが、半面、だれを聴けばいいのか、初心者には逆に探しづらい状況となっている。だからこそ、私は意を決して「初心者向けの落語会」を提案した。

それは、友人のだれかと共有したくても、連れていっても安心だと思える落語会が、私の時代にはほとんどなかったからだった。あってもスケジュールが合わない・高い・チケットが取れないという三重苦が今度は聴き手を苦しめる。だから、あの頃友人を連れていけなかった自分に、自信を持って見せたい落語会を作りたかった。ついでに自分も楽しめてしまうような、想像になかった高座に出会える場所。後輩とかに「この落語会行こうよ」と気軽に誘える場所。過去の自分にウソをつきたくはない。

しかし、こういう理想を標榜しても、それをかなえてくれる人は滅多にいない。そもそも商売にならない。

落語会の主催など断る気満々で、上記の問題意識をまとめて「初心者向けの落語会」のコンセプトをすぐに提出した。すると堀越オーナーは丸のみしてくれたのだった。

当初は、昼公演と夜公演にしてくれと頼まれたが、昼にやってしまうと、若い人ではなくお年寄りに来てもらいたいというメッセージになってしまう。公演開始時間は、大きなメッセージになっている。90年代、立川志《し》の輔《すけ》師匠がはじめて19：30開演に踏み切ったのは、サラリーマンやＯＬが、18時半開演なんかの会にはまず行けない、行こうとも思わないというのがわかっていたからだった。

だから今世紀の新しい落語会は、平日は20時開演。土日は14時と17時。いい会でも日程が合わないとまったく意味がないので、毎月5日間連続興行ということになった。これなら同僚や知人でも誘いやすい。演者、紹介者、初心者、この三者のスケジュールが合う日程を用意すること。それが連日公演の大きなメリットだ。どんなに素晴らしい公演でも、単日公演は「点」にしかならない。「線」になりにくいのだ。しかもこの会はどのタイミングから入っても魅力が伝わる「線」にしたい。このことを実践する落語会もまたない。巨大資本もなく、毎月5日間興行を仕切る。正気の沙汰《さた》とは思えないが、やることになった。

こうして「渋谷らくご」が11月に急にはじまる。最初に会議の場で条件を出した。11月の日程に、春風亭一之輔《しゅんぷうていいちのすけ》という存在がオファーできればやってもいい、というものだ。一之輔師匠は抜擢《ばってき》真打となった落語会の中心的存在で、この会が目標とする「これから30年落語を聴いてくれる人を捕まえる」のにもっとともふさわしい人物だ。連絡すると、師匠はスケジュールをくれた。いまでもおぼえている。一橋《ひとつばし》大学の授業がはじまる前、10月のはじめの水曜日日中に電話をした。師匠は二つ返事でひきうけてくれた。11月、やることが決まった。

そして私にはもうひとり、どうしても捕まえないといけないと思った人物がいた。それが、一之輔師匠の30年後の姿でもあるかもしれない、60歳を超えた柳家喜多八師匠であった。喜多八師匠はすでに業界では熱い視線を浴びる大ベテラン、その腕前を疑う人はまずいない。個性も強く、一度見たら忘れないであろうインパクトを残せる実力派だ。メディアに出過ぎていないことも重要で、この会はどれだけ続くかはわからないが、演者さんにも継続的に「線」として出演してもらう必要があった。つまり、毎月ちゃんと出てくれる人で、会全体の重しになるような圧倒的本物の存在。それが私のなかでは喜多八師匠だったのだ。

こうして、20年間静かに動いていた、私と喜多八師匠の時計が、徐々にその動きを速めることになる。

二

喜多八師匠との出会いは25年前の1995年、私が大学1年のときのことだ。

震災があったり、オウム真理教が事件を起こして教祖や信者が捕まったり、まさしく世紀末だと思われるような出来事が起こった95年。なのに私は、なぜか落語を聴く18歳になっていた。なぜなんだろう。6年間の男子校生活から解放され、ようやく軽くて楽しいキャンパスライフがはじまる、はずだった。

毎年1万人ほどの新入生を受け入れる大学にあって、落語研究会は毎年ひとりか二人を確保できれば御の字といった状況が続いていて、このサークルに捕まってしまったのが運のツキ、人数が少なすぎて離脱などの目立った行動もとれないという事態にどうしようかと途方に暮れていたところに、新入生歓迎会ということで、学内で落語を聴く場所が設けられた。

4月に公演に来たのが、桂文治《かつらぶんじ》（先代）、春風亭昇太《しょうた》、立川談春《だんしゅん》、昔昔亭桃太郎《せきせきていももたろう》といった面々である。いまから考えてもこの当時にこの面々を学内に呼んだ幹事のセンスもかなりのもので、私は4月を終える頃にはすっかり落語の虜《とりこ》になっていた。さなから新興宗教にハマってしまったようだった。

落語家の名前を覚えられるようになった頃に学内に来たのが柳家喜多八師匠である。ダンディーな顔立ちでいかにも酒とタバコが似合いそうな、草刈正雄《くさかりまさお》にかわいい弟がいたらきっとこんな感じなんだろうと思わせるような喜多八師匠。ところが高座にあがるとやる気がなさそうで、ボソボソしゃべりはじめる。「あ、みなさん、あたしね、やる気がないわけじゃないんです。虚弱体質でね。身体に力が入らないだけなんです」と、気だるそうに言って笑いを誘っていた。なるほど、そういう戦略なのか。最初から「さあ笑え」と押し付けることなく、それでも人前でなにかを表現すること。そんな照れ隠しに、一見やる気がないように思わせて期待をさせず、あとから本身を抜くという形。少なくとも、私が聴いた喜多八師匠は95年の時点で完成していた。ところが、どうやらここに落ち着くまでには、けっこうな苦労があったらしいことが後々になってわかる。

柳家喜多八は１９４９年に東京に生まれた。教師の家に育ち、学習院大学にまで進学したエリートであった。70年代、まだ大卒の落語家は珍しかった。しかし、入門した年齢は27歳、当時としてはバカにされるほど遅いのだ。芸の道では、プロになるのに時間がかかっていると、それだけで差別されるような時代だ。そのうえ大卒に芸人なんかできるかという逆差別的な風潮は、私が漫才をはじめた90年代にも存在していたし、喜多八自身、大卒であることの居心地の悪さ、そして「学が芸の邪魔になる」「学があるやつは勘違いしやすい」といった雰囲気を感じたという。これは、晩年語っていたことではあるが、落語研究会出身のクセ、「オチケン」クサさが抜ける人と抜けない人は、プロになってもいるようで、自分の場合は時間がかかったけど抜けたから良かった、とのことであった。それほどに多少かじって入ってくる人は、「なにも知らない」という人よりも煙たがられた。実際、知識は人の話を素直に受け入れるのに邪魔になることがある。事実として正しいか正しくないかより、だれを正しいとするかで行動が変わってくる。知識は目の前の人よりも、「だって世界はこうなっているから」を信じさせる。

77年、柳家小三治《こさんじ》に入門。小三治師匠もおなじように親が教師だということも、入門には共感を得られやすい要素だったかもしれないと喜多八は述懐していた。「小《こ》より」という名前をもらって前座からキャリアをスタートした喜多八は、その後、あまりにもその落語が小三治に似ていたために、小三治の影法師と揶揄《やゆ》されるほどだった。どこかでオリジナリティを手に入れなければいけない。そう思ったのだろう。93年には真打に昇進し、「喜多八」という名前に生まれ変わった。この名前は上野鈴本《すずもと》演芸場の支配人が勧めてくれたらしい。それと時をおなじくして、あの気だるいキャラクターに変貌《へんぼう》していった。私が出会ったのはそれからわずか2年後のことである。喜多八は真打昇進してすぐの若手真打だったのだ。入門が遅かったために、年齢だけで判断するともっとキャリアがありそうに見えるのだが、決してそんなことはなかった。「清く、気だるく、美しく」、自らを宝塚《たからづか》を捩《もじ》って「キタナヅカ」と称していた喜多八のこのキャッチコピーは、そのまま師匠の象徴のようになっていた。

性格は無頼。あまり群れず、それでいて孤立しない。多くの芸人がそうであるように、照れ屋で本音は直接言わないが、酒が入るとときには陽気に、ときには好戦的に、最後には陰気な絡み酒になることもある。まだ喫煙可能だった頃、楽屋に嫌煙家がいても平気でたばこを吸い、やめてくれと言われるとニヤニヤしながら「わかりました」と言って煙を相手の顔に吹きつける。芸人が正論を言うのをなにより嫌う。社会をドロップアウトした者に残された愉《たの》しみをなにより大事にしていた。「清く、気だるく、美しく」、らしいところは「気だるく」だけなのだ。

小三治一門は、小三治師匠が高田馬場《たかだのばば》に住んでいることもあって、馬場周辺に住んでいた。弟子はいつでも師匠に呼ばれたら駆け付けなければならない。喜多八師匠も例外ではなかった。喜多八師匠にはいきつけの居酒屋があった。高田馬場にある「うどの大木」という店である。ここには店長「てっちゃん」がおり、アルバイトは歴代早稲田の落語研究会の現役生という、人をダメにすること請け合いの店であった。この店に、喜多八師匠は毎日のように自転車で通勤し、酒をあおっていた。てっちゃんと仲の良かった喜多八師匠はこの店では翼を休める鳥のように、気を抜いてしゃべるのである。私たちが店を訪れると必ずそこに喜多八師匠がいた。もはや従業員とも区別がつかないほどだった。

飲みはじめるときは、ひとりでしみじみ飲む。少し経つと、だれかれ構わず、自分の芸になにが足りないのか、どんな演目をやったらいいのか、店にいる常連に聞き出すのだ。

私もご多分に漏れず、聞かれたものである。「なにやったらいいと思う？」

考えてもみたら、いまの自分が素人の大学生相手にこんなことを聞く気にならない。どう転がったって、演者はお客さんよりも自分のことを考えている。客が演者の想像を超えることはない。また、超えられてしまっては演者はもはや演者ではない。しかし、そんなことを百も承知で喜多八師匠は、百にひとつでも、自分の発想しなかった「自分像」をつかめるかもしれないと、大学のオチケンさんにも意見をもらうべく常にオープンな姿勢を取り続けた。どんな失礼な発言や提案も、すべて検討材料にした。自分が見つけていない「自分」がまだどこかにいるかもしれない……。この研究熱心さに私はいたく感動したものだった。

学習院出身というバックボーンを「お坊ちゃん」キャラへとすり替え「虚弱体質」

という ギミックを作り、「やる気がないわけじゃないんです。ただ身体に力が入らないんです」へとたどり着いた喜多八師匠。小三治の影法師から見事に「柳家喜多八」へと変貌できたのは、まさにこういった姿勢からだった。喜多八は喜多八になるべくしてなったのだった。

その後、個人的な付き合いは細々《ほそぼそ》と続き、漫才をはじめてからは芸人としてダメだしまでもらったり、独演会のゲストにも出してもらったことがある。師匠は順調にキャリアを重ね、押しも押されもせぬ人気者になっていたが、それでも口癖はあの頃の「うどの大木」で言っていた「売れたい、売れてえよ」だった。落語界での名声がどれだけ高まろうとも、自分を知らない人に自分の落語を聴いてもらいたい。自分の知らない自分をまだまだ見つけたい。そういう願いがずっとあったようだ。

こういう状況にあった２０１４年、私は喜多八師匠に「渋谷らくご」への出演依頼をすることになる。師匠はすでに「初心者向け」なる会に出る必要もない存在だった。どこの落語会主催者からも「あんな会には出なくていい」と言われ、場合によっては「なんであんなところ出るんですか」とも言われていた。その言い分もわかる。年齢的に60代後半から70代、まさに黄金の10年がこれから訪れようという時に、落語家を支えるのはこれまで支えてきてくれたお客さんなのである。「この落語家と死ぬ」という覚悟で追いかけ続けたご贔屓《ひいき》を大事にして、さらなる高みに挑むキャリア終盤。そんな折に、落語のらの字もわからない若い人を相手に悪戦苦闘する必要など、ないのである。ところが、喜多八師匠は2014年11月のオファーから、一切こちらのオファーを断らなかった。楽屋では「いつまでもつのここ？」「来月はないかもしれないねえ」と、頼りない集客をおもしろ半分に茶化す師匠が、外の落語会では「なんであんなところ出るんですか」と問い詰められると、「古い知り合いがやってましてね」と弁護してくれていた。師匠がどんなに気を付けていても、私のところにそういう情報は入ってくる。それに対して御礼などを言ったら、師匠はきっと照れくさくなってすっとぼける。そういう美学を持っていた。だから師匠とは「渋谷らくご」にまつわる話は一度もしたことがない。

「渋谷らくご」にはスポンサーもいなければ予算もないので、ネットでの拡散力をもって、それまで演芸に触れていない人たちに情報を届けるほか方法はない。どんなにお客さんが入らなくても動員数もオープンにし、だれがどんな演目をやったのか、公演のどういうところが見どころなのかをネットにアップし続けた。お客さんの反応や感想は、ツイートだけ拾ってプリントアウトし、会場のロビーに掲示したほか、毎月楽屋に置いておくアンケートにも入れていた。そうすると、ネットをやらない師匠が、「渋谷らくご」の反応を楽しみにしていたようで、毎月感想をプリントしたものに目を通していた。まるではじめて会うお客さんたちに、自分のすべてのキャリアをぶつけるのを楽しみにしていたように。

　こうして、喜多八師匠は、毎月四、五十人しか入らなかった「渋谷らくご」の高座に、異様なエネルギーをかけはじめることになる。

　ところが、そんななかで病魔はひたひたと師匠の身体をむしばみはじめていた。

三

　師匠は数年前にも癌を患ってはいた。かなり危険な状態にもなったということらしい。けれど、２０１４年の年末の時点では、会場まで自転車で移動し、寒い冬も暑い夏もいまだ向上する高座の連続だった。いままで数百の落語家が挑んだ古典落語も、喜多八師匠にかかるとこれまで見たこともない表情を見せる。師匠の高座は、まるで冒険家が登山するのを固唾《かたず》を呑《の》んで見守るような、どうなるかわからない緊張感ときめきに溢《あふ》れていた。

「渋谷らくご」がはじまった11月の高座では、「七度狐《しちどぎつね》」と「お直し」という二席をかけて60分をひとりで務めてくれた（演目の内容はわからなくても良いです）。いずれも大ネタだ。最初から様子を見る気などは微塵《みじん》もない様子で、常に全キャリアの経験値をかけて、客席の人数の多寡にかかわらず、全力を注いだ。「梅の栄《さかえ》」という出《で》囃子《ばやし》が鳴り、けだるそうに浅黒い喜多八師匠が高座に現れると、そこには自然と異質な空気が流れ、「落語」の風が吹く。

師匠は落語と戯れていた。それは、解釈と表現以上に、そもそも「楽しむ」という行為そのものだった。何回も何百回も抱いてきた女と、それでもまた寝るのを楽しむ工夫をするように、喜多八師匠は一席ずつ、丁寧に、いままでに抱いたことのない抱き方で、落語を抱いていた。

翌12月の「文七元結《ぶんしちもっとい》」では、悲壮な噺というよりは、行き当たりばったりで生きる主人公・長兵衛《ちょうべえ》の、その場その場の気持ちに説得力を持たせる演出で、決して力を入れているわけではないのに緊張感のある高座で観客を魅了した。

あけて2015年1月「明烏《あけがらす》」では、多くの演者が吉原《よしわら》に行ったことのないウブな若旦那《わかだんな》が大人の策略にハマって吉原で泣き叫ぶさまをコミカルに演じるのであるが、喜多八落語はここでもまた別の表情を見せた。若旦那を吉原に誘う町内の札付きのワル、源兵衛《げんべえ》と太助《たすけ》を前景化させたのである。つまり、これまで脇役だったものたちを主人公っぽく扱った。ただ吉原に行くのではなく、若旦那をだまして吉原へ連れていくという策略にワクワクする大人たち。心で思っていることと、実際に口から出る言葉との落差に聴いている人は笑いを禁じ得ない。この二人の策略に、女郎屋《じょろうや》のやり手女将《おかみ》まで加担することになり、この噺は「大人たちが遊んでいる」噺になる。そのたくらみ自体が若旦那本人に露見しても、だれも大きく傷つくものではない。むしろ自分たちの策略以上にうまくいった若旦那を前に、翌朝だれも相方（相手をしてくれる女性）がつかなかった源兵衛と太助の悲哀までをも可笑《おか》しく演出した。これは若年の演者には決して出せない喜多八落語の老境だからこその一席だ。古典落語は譜面でしかない。楽譜通りに弾いても、力の入れ方やスピードの出し方でだいぶ印象がかわる。大人たちが「遊んでいる」様子を、遊びなどという言葉を使わずに表現することの難しさ。ややもすれば「演じている」と思わせてしまう芸能で、一瞬「演じている」ことすら忘れさせる表現力。頭脳も肉体も、思い描く落語を表現するのにベストな状態で、さらに高みへと導いてくれる予感に溢れた60代。これは40代から50代にかけて数え切れぬほど高座にあがり続け、何度も噺と向き合った者にだけ許される領域だ。これまで自己メンテナンスも兼ねて、各季節にかけ続けていたネタも、数年に一度の大改訂を経て完成へと近づいてきた。そしてそれは柳家喜多八にしかできない唯一無二のものへとなってきていた。このままこのあとに続く円熟の70代にだれもが期待する。

２０１５年2月「うどんや」。この噺は柳家という亭号の一門にとっては特別な噺だ。寒い夜に火を起こす、流しのうどん屋が主人公、というのは構造上の建前で、照れ屋の落語は本音をいつも隠している。このうどん屋に訪れる酔っ払いの客が、今日は知り合いの娘が結婚したという話を何度もする。血の繋がりのないご近所さんが、わが子のようにその娘の結婚を祝福している様子に、だれもが心を打たれる。ここが落語の本音の部分。五代目の柳家小《こ》さんが得意とした噺だ。本音をお客さんに伝えようと、そこをあからさまに泣かせどころにすると途端に照れがなくなって鼻についてしまう。だからこそ、酔っ払いに翻弄《ほんろう》されるうどん屋を主人公に据えていることを汲《く》んで、喜多八師匠はこのうどん屋の悲哀を可笑しみに変えたのだ。体力的には40代〜50代の頃と比べると格段に落ちてしまう。だけれども力を使わずともこうした人間の悲哀を描くことができるのは60代に入ってからだ。そしてそれが表現できる身体は、それまでの高座の貯金がもたらしたのだろう。

同2月にはもう一席、「二番煎《せん》じ」。喜多八十八番をあげろといわれたら十人のうち七、八人は少なくともこの噺をあげるであろう自家薬籠中《じかやくろうちゅう》の傑作。寒い晩に火の用心の見回りをすることになった何人もの人物を演じ分けなければならない難易度の高い噺であるが、少ない言葉と目線、表情ですべての人を的確に演じ分けてしまう。おまけに空間を認識させ、どこにだれがいるのかも想像がつくように立体的に演じている。省エネで最大の効果を生むという燃費の良さが際立つ演目だ。番小屋に籠《こも》って、役人にバレないように、みんなで燗《かん》を付けた酒をまわし飲みし、しし鍋《なべ》を頬張る。聴衆はこの時点で、見回りをしている仲間となってその寒いなかの密《ひそ》かな愉《たの》しみを共有する。

至福のひとときだ。私はこの噺を、10代の最後に上野鈴本演芸場の喜多八独演会で聴いてから、帰る道中の記憶がなくなるほど余韻に浸った記憶がある。あの頃から20年が経過して、喜多八落語はまだ進化を止めていなかった。実際に酒の好きな師匠ならではの、酒を飲むシグサの美味《うま》そうなことといったらない。

　翌3月には、「寝床」。義太夫《ぎだゆう》語りが好きな主人が義太夫の会をやろうと言い出す。会に来られない言い訳をする使用人。しかしこの使用人が困っているというよりは、主人をからかうように言い訳を口から出まかせで言う「遊び」心がここにもあった。いまだとカラオケ行こうと言い出す上司に、断る部下といったところの噺。ちょっと手玉にとられる上司がおかしい。

　4月「大工調べ」、こちらも古典の名作だが、早口でまくしたてるところを聴きどころとせずに、しみったれ大家をののしるところをゆっくりやってちゃんと聴かせて笑いをとる。スピードで圧倒するところではなく、精神的な部分で江戸《えど》っ子にリンクするのである。これは難しい。自信がない者ほど、スピードで圧倒しようとしてなにを言っているのかわからなくなる。現在の限られた自分の力で、最大の効果を発揮するためにはどうしたらいいのか、検討し考えつくされた様子が噺の行間からにじむ。この噺にスピードは必須ではない。

　5月「五人廻《まわ》し」、遊郭に遊びにきた客が、いつまでたっても現れない花魁《おいらん》にしびれをきらして取次の若衆に八つ当たりする噺。この噺には思い出がある。早稲田大学で主催した「わせだ寄席」で、トリが笑福亭鶴瓶《しょうふくていつるべ》、共演者には立川談春もいるという並びで、学生で満席となった会場で喜多八師匠はこの噺を選択、落語初見の学生たちにはまるで反応がなかった。要するに、豪快にスベった。しかし、この会に喜多八師匠がいなかったらと思うと、彼らは「落語」を聴いたことになるのだろうかとも思った。自分たちにはまだわからない何かがある、そう思わせてくれただけでも、あの日の喜多八師匠はカッコ良かった。あれ以来の特別な噺を、「渋谷らくご」でもかけた。わからない経験と、それがわかる経験は、人の好奇心を無限にする。だからどっちでもいいのだ。大事なのは、演者がベストを尽くしたかどうかだ。

6月「船徳《ふなとく》」、これも体力のいる夏の噺。昭和の名人桂文楽《ぶんらく》の得意ネタで、これは若旦那が勘当になり船頭をやるという噺で、スタンダードな方法では若旦那がやる船頭のむちゃくちゃぶりを笑わせる。ところが喜多八落語では、この船頭の船に乗り込んだ客二人が、いかに苦しい目にあおうとも、優雅な船旅を楽しもうと意地になる。精神としては「茶の湯」に近い。やはり「明烏」の若旦那　時次郎《ときじろう》のときのように、このむちゃくちゃな若旦那をむしろからかって、楽しんでいるかのようにも見える。この噺を聴くと、夏の到来だ。

6月にはもう一席「粗忽《そこつ》の釘《くぎ》」という爆笑編も演じて、ここまでの出演でネタかぶりはなし。毎月楽屋に来ては、ネタ帳を見直し、その日なにを演じるかを書き出して絞り込んでいく喜多八師匠。それはまるで神聖な儀式のようにも、そして同時に最高の遊びのようにも見えた。

しかし、様子が一変するのはこのあたりからである。

これまで自転車で渋谷のユーロライブに来ていたあの喜多八師匠が、ある日、杖《つえ》をついて楽屋に来たのだ。

「へへ、あ、足をね、ちょっと悪くしちゃったもんで。薬を変えたんで」

なんの話をしているのかと思ったが、これは抗がん剤を変えたということを暗に伝えてくれていた。そして、その副作用か、あるいはその前に、足に転移してしまい歩けなくなりはじめていたのだった。

身体はだれの目にもわかるほど、やせ細っていた。

こうして、残り時間が少なくなってきてしまっていることを、楽屋のだれもが認識した。しかし、そのことはだれも口にしなかった。それは喜多八師匠が意地でも口にしなかったことだからである。

ここから柳家喜多八最期の一年の戦いがはじまる。

病が身体をむしばむと同時に、師匠の落語はさらに急速に進化することになる。

# 四

喜多八師匠は、もともと太ってはいなかった。が、その夏にはだれの目にもわかるほど身体は薄くなっていた。家ではずっと寝ている生活、人と話す気力もないほどの人が、高座にあがり、苦しい様子は微塵も見せずに落語を語る。だれはばかることなく、落語と抱き合う。芸人はこの瞬間のために、生きているのだ。

2015年7月は「盃《さかずき》の殿様」、8月は「千両みかん」。千両みかんは、導入こそ「紺屋《こうや》高尾《たかお》」のように恋の話だと思わせておいて、実は真夏にみかんを食べたくてみかんに焦がれて死にそうになってしまう若旦那の話である。春風亭昇々《しょうしょう》、春風亭百《もも》栄《え》、瀧川《たきがわ》鯉八《こいはち》といった若手の新作派ばかりをそろえたこの日でも、喜多八師匠の横綱相撲は炸裂《さくれつ》していた。この番組を一目見れば、喜多八ファンは眉《まゆ》をひそめ、寄り付かないだろう。むしろ新作に期待を寄せてきたお客さんたちに、さんざん笑って満足したあと、最後に本寸法《ほんすんぽう》の落語というものを体感してもらいたい、そんな想いで組んだ番組だった。番組には、ほんの少しのメッセージでもあると良い。

喜多八師匠は高座に座ることが身体的に苦痛になってきていたところではありながら、ひとたび座れば普段と変わらず、お客さんに気を遣わせない語りで魅了した。それは、観客が、目の前の人が病気っぽいことすら忘れてしまいそうなほどだった。だれにも言わないからと言って若旦那から想い人を聞き出す番頭の楽しそうなこと。だれが聴いても、とても信用できる人間には見えない番頭だが、そんな番頭に頼らざるを得ない坊ちゃんのウブな感じ。日頃から、坊ちゃんと仲良く気さくに話していないとできない関係性であることを感じさせる。良い落語には行間がある。シーンとして描かれているのは一部だが、その前後にちゃんとその人たちが普段どういう会話をしているかを想像させてくれる。小さい頃から坊ちゃんの世話をしてきた番頭が、いよいよ対等な大人同士の会話ができるようになりつつあること、そしてそんなウブな坊ちゃんをからかいたくなってしまうほどかわいがる様子、それが伝わってくる。最初は番頭に感情移入しつつも、のっぴきならない非常事態であることを訴えられて、次第に若旦那に感情移入をはじめる。そして聴いている人だれしもがみずみずしいみかんを食べたくなる。あまりに見事な「千両みかん」に、真剣に耳を傾けている観客たちの姿が印象的だ。

あの喜多八師匠が、ここまで命を削って、目の前にいる新しいお客さんにすべてを懸《か》けて落語を演じてくれている。動員は相変わらず芳しくない。謝礼もたいして払えない。それでも師匠は、これまでのキャリアが本物かどうか、生まれてはじめて落語を聴く人にぶつけてくれている。であれば、私にできることはそんな師匠が気持ちよく落語をやれる環境を整えることだけだ。

少しだけ緊張感のある楽屋の雰囲気も、出演順も、共演者との居心地の良い楽屋づくりも、すべて師匠の望む形にしようと心がけた。せめて、「渋谷らくご」に来ることを楽しみにしてもらいたい。

すでに、楽屋には喜多八師匠がかわいがっている若い男の子（大学を卒業したばかり）を待機させていた。かわいがっている、といっても別にやらしい関係ではない。実際にかわいがっている、師匠の話し相手だ。彼は、大学時代からアルバイトをしていた「うどの大木」で喜多八師匠と出会い、すっかり落語の虜になっていた男である。なぜか年上のおじさんの懐に飛び込むのがうまい。生来の幇間《たいこもち》のようなキャラクターで、緊張する場の空気を和ませる不思議な空気感を帯びた人物だ。私が彼を知ったのは、「渋谷らくご」をはじめる前である。勤務する一橋大学の大学院に、笑いの研究をしたいと私を追いかけてきた。聞けば学部は早稲田の理工学部に在籍していたようだが、学部時代に落語に出会い、研究をしようと思ったときに私の論文を読んだらしい。そのまま大学院に進学してきたのだ。私は非常勤なので直接の論文指導はできないものの、ひとまずは気に留めて授業で接していた。が、次第に喜多八師匠のかばん持ちのようなことまでやっていると知って、少し危ない人物なのではないかと思いはじめていた。落語界は演者と客との距離が近いため、ミーハーな取り巻きや、俺があいつを育てたなんていう客までたくさんいるが、たいがいは恩を売りたいだけの人が多い。金離れがいいわけでもなく、大きい会を主催するでもなく、ただ近くにいて楽屋にまであがりこんでくる人物たちのいかに多いことか。だから演者に近い客とは距離を置くようにしているのだが、私のそんな警戒をよそに、彼は喜多八師匠のまわりにいつもいるので、14年からはじまった「渋谷らくご」に喜多八師匠に出演をお願いしたときは、すでにそこにいたのだった。彼の名は重藤《しげふじ》といった。この渋谷らくごでのスタッフ経験が、のちにＴＢＳラジオ「神田松之丞《かんだまつのじよう》　問わず語りの松之丞」（現・伯山《はくざん》）の笑い屋となることに繋がっていくが、当時はただの喜多八番である。松之丞さんとの繋がりも彼が出入りしていた「渋谷らくご」の楽屋ということになるのだが、早稲田の演劇博物館でアルバイトをしていたり、単位のためにはじめた常磐津《ときわづ》で歌舞伎の世界にも片足をつっこみはじめていたこともあり、そのフットワークの軽さがまったく油断ならない人物なので、いまだに「渋谷らくご」に出入りしているものの、私はまだ警戒を解いてはいない。が、こうするよりほか演者や自分を守る術がない。客と演者なら、金を出している客のほうが偉いと思い込んでいる人が多いのだ。そんなことはない。演者もありがとう、お客さんもありがとう、という対等な関係が本来だろう。

しかし、そんな状況でありながらここへきて重藤くんの存在が大きくなりはじめる。楽屋と客席から動けない私や会場スタッフとは、彼は別行動がとれるので、歩くのが難しくなった喜多八師匠の送り迎えができる。そして、自分の高座がどう受け止められたのか、「渋谷らくご」での観客の反応を、賛否も含めて執拗《しつよう》に知りたがる師匠に、ネットを駆使したりプリントアウトをして読ませたりしていたのも彼である。こうなると、彼の存在が楽屋にあるだけで、喜多八師匠は遠慮しなくなる。やりやすい環境作りには必要な人物のひとりだ。

9月、三遊亭遊雀《さんゆうていゆうじゃく》師匠を迎えて、喜多八師匠と共演してもらった。50代にさしかかった遊雀師匠は、元は柳家である。落語家は外野から想像する以上に「一門」の結束が固い。特に柳家がそうらしい。お互いの大師匠が五代目小さんである。喜多八師匠からすると、あまり共演経験のない若手と一緒にいる刺激と、昔よく一緒にいた演者、この両方のタイプが楽屋にいることが望ましい。好奇心旺盛《おうせい》で向上心の塊のような師匠は、常に自分にないものを持っている演者の近くで観察したがった。たとえば面識のない若手の落語をおもしろがっていた。おそらく、本気でおもしろいと思っているのではなく、マーケットの観測である。どういう手法で落語にアプローチしているか人物がいるのか。そしてそれはいままでにないものなのかどうか。自分にできるかどうか。師匠はなるべく自分が持っていないものに触れたがった。それでいて、宇宙

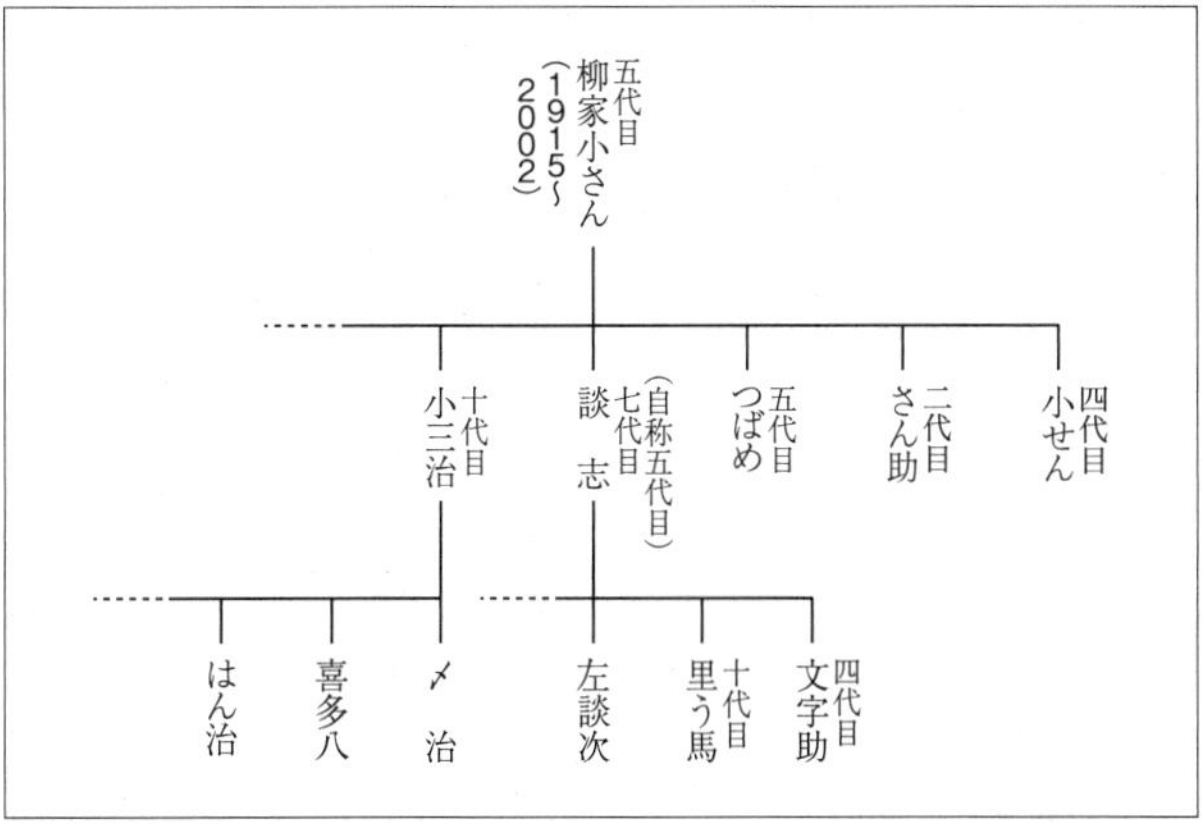


人のような若手しかいないとなると「若手に気を遣わせてしまっている自分」を感じてしまい居心地が悪くなる。そうなると若手以外に、中間のキャリアの人物がいれば、喜多八師匠としては心やすいので、なごやかに話ができる。若手すぎると、若手が畏縮《いしゅく》してとてもじゃないが師匠とは気軽に話せない。

　遊雀師匠は弟子も連れてきていた。喜多八師匠に稽古をつけてもらうかわりに、師匠に高座の様子を見ることを許されたようだ。そして、喜多八師匠は高座にあがると、まくらで唐突に昔話をはじめる。それは、師匠、柳家小三治に入門した日のこと、そして自分の落語がどう変わっていったかというものだった。これは、きわめて異例のことであった。あの照れ屋の喜多八師匠が、なんにも知識のないお客さんの前で、いや、だからこそなのか、師・小三治を語ったのである。憎まれ口で包装をして笑いには変えていたが、緊張して自宅に入門をお願いしにいったときのこと、自分の親も小三治師匠の親も教員だったこと、そして入門を許されたこと。落語研究会のクセが抜けなかったこと。そのどれもが必然であったこと。思ってはいけないとはわかりつつ、それは遺言のようだった。遊雀師匠の姿を見て久しぶりに会う弟のような存在に気を許したのか。「渋谷らくご」では、だれに遠慮することなく、照れずにいられる自分がいたのかもしれない。おなじくらいのキャリアの仲間、親密すぎる仲間がいないことが、むしろ演者の心を開放させる。喜多八師匠はすでに覚悟しているのだ、と思った日であった。

急がなければならない。

柳家で、なかなか会っていない人で、喜多八師匠が会いたがるような、楽屋にいて楽しくなるような人はだれかいないだろうか――。喜多八師匠が所属している落語協会の人は、寄席でよく会う仲間なので新鮮みがないかもしれない。だれか、それ以外の団体で。

こうして、「渋谷らくご」開幕当初から、いつ声をかけようかとタイミングを見計らっていた人物に思い当たる。五代目小さん一門、なかでも小三治師匠とキャリアの近い小さん高弟の弟子、前座時代や二つ目時代をともに過ごしたと思われるキャリアの人で、年齢でいえば60代後半……。立川左談次《さだんじ》師匠である。

おりしも2ヶ月後の2015年11月には「渋谷らくご」の一周年記念公演を予定していた。これまで声をかけていない人物に声をかけるのには絶好の機会だ。

10月、「渋谷らくご」公演の4日目に、立川こしら、橘家文左衛門《たちばなやぶんざえもん》（16年9月に三代目橘家文蔵《ぶんぞう》を襲名）、神田松之丞、柳家喜多八という番組で、喜多八師匠に松之丞さんという存在を認識してもらう場をつくった。そしてようやく、この頃から、一之輔師匠、松之丞さんらの出演が効きはじめ「渋谷らくご」のお客さんは増えはじめていた。

11月、「渋谷らくご」は一周年記念と称して、普段より1日多い6日間の公演を企画した。

その2日目。ついに実現した。11月14日、17時からの回の出演者は、昔昔亭A太郎《えーたろう》（20年5月に真打）、三遊亭歌太郎《うたたろう》（20年3月に真打「志う歌《しうか》」）、立川左談次、柳家喜多八。

左談次、喜多八、邂逅《かいこう》の日がついにきた。

## 五

2015年11月14日、土曜日。13日からはじまっていた11月の「渋谷らくご」は、一周年記念興行として普段より1日多い6日間、18日までの12公演を行った。

この月、柳家喜多八師匠は、癌との闘病中にもかかわらず、14日と18日の2日間、出演してくれた。

出たい、と申し出てくれたのだ。

しかし、気持ちとは裏腹に、抗がん剤を変えてからというもの、足を痛めているらしく、杖をついて楽屋にくるほどにまでなり、その様子も、もはや自力で歩くのはかなり難しく、高座までの出ハケ(高座にあがることと、さがることの一連の動作のこと)、そして着替えなどにかなりの時間を要した。

それでも、高座がある、お客さんの前でしゃべるという場所は、芸人にとってはなによりの愉しみだったはずだ。ここまで晒《さら》しているのだから、もうすべてを晒してしゃべってやろうという、喜多八師匠にはそんな遊び心さえ感じられた。しゃべることには圧倒的な自信がある。その自信はまったく揺《ゆる》がなかった。ウケたい、売れたい、人気者になりたい。昔から、この師匠はそういう欲に対しては正直だった。

立川談志は、「上品」とは、「欲望に対してスローモーなこと」と言った。この論理でいうと、売れたい、ウケたいという欲望は、だれもが持っていて当たり前のもので、むしろ持っていなくてはいけないものだ。それを表に出すか出さないかということが、下品と上品を分ける。喜多八師匠は客席から見ると、売れたいという気持ちなどはさらさらないのではないかと思うほど、落語をやる時間だけが幸福かのような印象を受けた。上品だったのだ。いざ接してみると、二言目には売れたい、ウケたいと貪欲《どんよく》に芸を磨き続けていた。売れたい、という気持ちは芸を磨く一番いいヤスリのようなものだった。

それは、どのような共演者とやりたいか、という意向にも表れていた。落語界で柳家喜多八を知らぬ者はいない。すでに、この業界で名をはせるベテランたちはみな共演者としてお客さんを共有している。しかし、「渋谷らくご」ではむしろ自分のお客さんではない、別の演者のお客さんに自分がどう映るか、そしてそのお客さんをどう自分の客にしていくか、ということを考えていたようだった。たとえばこの前の月の10月に共演した立川こしらを翌年には指名して「一緒にやりたい」と申し出たほどだった。「あの人の落語、よくわかんない。だから、やりたい」というのだ。立川こしら師匠というのも変わり者で、生き方から落語まですべてがほぼ「工夫」で成り立っているような存在だ。言うことすべてが胡散臭《うさんくさ》くておもしろい他にいないタイプの若手真打。こういう人とやりあうのは、普通の落語家なら怖い。喰《く》われてしまう可能性が大きいからだ。しかしこの人物を指名するということは、裏を返せば、自分の理解の範疇《はんちゅう》にある人たちには圧倒的に勝てる自信があるということだった。だから、わかりきった戦いはしたくない。それほどに、未知の客、未知の演者に対する好奇心は旺盛だった。通のお客さんに対するのは、芸の高みを目指すうえで大切なことだが、それと同時にまだわからない人をいかに自分の世界に引き込むか。喜多八師匠はこのとき、毎月毎月進化していたように見えた。

死を意識してからなのだろうか、それともこれまでとおなじペースなのだろうか。どちらであっても、凄《すさ》まじいスピードと向上心だ。

11月14日、17時からの「渋谷らくご」は、先述したように昔昔亭A太郎、三遊亭歌太郎、立川左談次、柳家喜多八という四人。

１９８３年、立川談志が落語協会を脱退するまで、立川左談次は落語協会、とりわけそのアイデンティティたる柳家に対する帰属意識が非常に強かった（これは左談次師匠が語っていたことだ）。左談次は、１９６８年、18歳になる年に談志に入門、前座名、談奈《だんな》としてキャリアをスタートさせた。このとき立川談志32歳、最初の弟子は預かり弟子の桂文字助《もじすけ》、その次には67年に入門した談十《だんじゅう》（のちの土橋亭《どきょうてい》里う馬《ば》）がいた。ずいぶん若い一門である。喜多八が柳家小三治に入門したのは、77年2月、喜多八27歳のときのことである。楽屋入りが翌78年で、柳家小よりを名乗っていたが、このとき左談次はすでに二つ目に昇進しておよそ5年が経っており、名も談奈から左談次となっていた。つまり、喜多八からしてみると、左談次は柳家ではかなり上の先輩、おじさん弟子にあたる関係である。が、年齢はほぼおなじ、というより喜多八のほうが1年上なのである。酒が好きな二人はほどなくしてよくつるむ間柄になるわけだが、左談次が真打昇進した直後、談志は落語協会を脱退する。左談次も落語協会で真打になったばかりで脱退せねばならなかったのは断腸の想いだったと思われるが、このことに関しては左談次師匠は「申し訳なくてね」とのちに語っていた。

喜多八が二つ目に昇進し「小八《こはち》」と名乗ったのが81年、つまり二つ目になってからの左談次と喜多八はおよそ2年はともに二つ目として活動していたことになる。とはいえ序列でいえばかなり離れた先輩と後輩である。ただ、歳の近い後輩に、気を遣わせないような空気を、左談次は帯びていたのかもしれない。

団体は変わってしまっても、その後の二人の関係は続いた。ただ、二人はお互いの連絡先などを教えあうような関係では決してなかった。仕事で一緒になったりバッタリ会ったときに飲みに行く。それで充分、というさっぱりした関係だったのだ。「次がいつになるかわからないが、次に会うのが楽しみ」という人がいることは幸せである。思えば、そういう距離感の仲間がどれほどいるだろう。相手がなんていうかわかるくらい仲の良い人とだけいるよりも、人生を豊かにするのは、こうした近すぎない距離感の存在ではないだろうか。

立川左談次はこの年（２０１５年）の4月に骨折した。落語会の会場の手前で、歩きスマホをしていたおばさんと衝突、おりしも小雨が降っていた地面に足を滑らせ、そのまま救急車で運ばれた。なにを隠そう、その落語会のゲストとして私たち（米粒《こめつぶ》写経《しゃきょう》）が呼ばれていた。左談次はそれ以降、退院してからも杖をついて通院していた。高座にあがれるようになったのは夏であった。そうして「渋谷らくご」にお声がけをするタイミングがやってきた。左談次師匠としても復帰して、立川流の寄席以外での出演に、期するものがあったにちがいない。だいぶ楽しみにしていてくれたようだ。

さて、そんな左談次師匠と喜多八師匠の邂逅がかなう２０１５年11月14日、左談次師匠はまだ杖をつきながらの移動ではあったものの、開演してすぐ楽屋入りし、開口一番を務める昔昔亭A太郎の「文七元結」に耳を傾け、「この人、マジでやってる」と、一番手がおよそやるような演目ではない大ネタにチャレンジする姿を大いに喜んだ。そしてこっそりと、まだ到着していない喜多八師匠の様子をスタッフに聞いている。身体の調子はどうなのかと。

トリの喜多八師匠は歩くのがおぼつかないので、スタッフの重藤くんを迎えにやり、楽屋まで誘導してもらうことになっていた。開演して20分ほど経った頃であったろうか。

喜多八師匠は、楽屋入りを前に「兄《あに》さんに、こんな姿見られるの、やだなあ」と、ここにきて自分の変貌した姿を左談次師匠に見せたくないと言い出した。それほど、この二人の関係は若き日の元気のいいイメージが続いていたのだろう。

エレベータでぐずぐずしていた喜多八師匠は、それでもそろりそろりと杖をつきながらいよいよ楽屋に入ってきた。

楽屋にいる左談次師匠を見つけると、これまでの億劫《おっくう》な様子は微塵も感じさせず、笑顔で喜多八師匠はこう言った。

「兄さん、あっし、こんなんになっちゃいましたよー！」

高らかに杖を掲げて、満面の笑みである。

何年かぶりに顔を合わせる二人の呼吸はそれでも昨日も一緒に飲んでいたような、息のあったものだった。即座に左談次師匠は自分の杖を高らかに掲げ、

「俺もだョー！」

楽屋は笑い声に包まれ、終始明るかった。相手に気を遣わせないようにジョークで機先を制する。それがこの二人の暗黙の流儀である。

旧知の間柄、体調のことなどはお互い冗談めかして語るだけで、マジな様子はおくびにも出さない。それでも、その身体を見ればわかる。先はもう長くない。

この日、二番手に登場した三遊亭歌太郎は「磯の鮑《あわび》」で会場を沸かせ、開口一番の「文七元結」長演のあとに、見事に左談次師匠に繋いだ。二つ目二人が大仕事を成し遂げた。

続いて登場した立川左談次は、柳家のお家芸である「天災」、なかでも左談次風味の軽さもあって決してトリを潰《つぶ》さない最高の出来であった。トリは喜多八「もぐら泥」。残された体力を効果的に使う、泥棒の悲哀を描いた好演だった。

左談次師匠は終演までは残らない主義だ。喜多八師匠の「もぐら泥」のサゲの前数分まで耳を傾けて、こっそりと帰った。降りてきた喜多八師匠は、やりきった笑顔で私にこう言った。

「また、兄さんとやりたい」

こうして、翌年も喜多八師匠の生きる糧がひとつ増えた。

## 六

この2015年11月公演、最終日の1時間公演で「柳家喜多八、春風亭一之輔」という二人会も催された。春風亭一之輔は2012年に抜擢真打となった若手落語家を代表する存在で、「渋谷らくご」には創設時から多大な貢献をしてくれた存在である。いや、それどころか、落語界は一之輔を中心にまわりはじめていた。にもかかわらず、多忙なスケジュールの合間を縫って出演し、最高の落語と自分の客を、この会に注いでくれた。2015年5月の公演ではまだ無名だった神田松之丞のヒザ（トリの前）を務め、真打の後にあがっても負けない二つ目の誕生を手助けしてくれた。そして、その事実と空気を察した喜多八は、「ここは一之輔なんかも頑張って、客を育ててくれてるからな」と高座で、また楽屋でも言って回るほどだった。

物怖《ものお》じしない性格の一之輔師匠は、ベテランの喜多八師匠とも自然な会話ができる。喜多八ラブの一之輔師匠は、尊敬の念からか楽屋で気を遣わせないように、あえて師匠をいじったり笑ったり、しっかりと喜多八と会話を交わすことができる。こういったあたりも彼が他の落語家から尊敬を集めるところだ。あまりに真面目に受け応えして距離を取ってしまっては先輩も冗談は言いにくい、それでいて距離を縮めすぎると図々《ずうずう》しい奴になる。落語家の距離感は常にこの間を探る、照れと尊敬のコミュニケーションなのだ。

この日、一之輔は「粗忽の釘」、喜多八は「首提灯《くびぢょうちん》」という演目で18時公演にもかかわらず超満員。粗忽モノで一之輔が場内割れんばかりの爆笑のあと、喜多八は楽しそうに、きれいに首を斬られてもしゃべり続ける八五郎を演じる。江戸っ子の向こう見ずな、口の減らない様子を、スピードを出さずとも語りだけで演出できることを証明し、悲惨に見せない滑稽さとみじめさも表現した。動と静のコントラストがきいた贅沢《ぜいたく》な1時間公演だった。

11月には、私は2ヶ月後の1月の番組を組む。

圧倒的な高座で忘れそうになるが、正直この頃から喜多八師匠はいつ「その日」が来るかわからない状態だった。11月の「渋谷らくご」の楽屋では、すべての演者が出演する寄席の正月初席の出演を断る電話をしていた。「もう座れないんだよ」と。つまり、現役の落語家ならマストな寄席の正月の出番を、体調不良を理由に自らの意思で断っていたのだ。

しかし、何事もなかったかのように「渋谷らくご」にはスケジュールを割いてくれていた。それは、いつ「その日」が来てもしょうがないということからなのか、その高座だけは自分を見に来る客がいるという自負なのか、それとも渡りに船、単に縁を大事にしてくださったからなのか。しかしわざわざそういうことを私に言うことはない。決して恩に着せるようなことは言わない。私はその「言わない」というメッセージを、気づかぬように、静かに受け取る。いつなにが起こっても動じぬ覚悟、そしてそのときの対処法も冷静に考えなければいけない。師匠は時間をくれているのだ。

喜多八師匠には、柳家ろべえという名のたったひとりの弟子がいた。「弥次喜多《やじきた》」からとって「弥次郎兵衛《やじろべえ》」、ちぢめて「ろべえ」というシャレた名前だ。大学を卒業して、何度断られても、1年以上喜多八の門を叩《たた》き続けて入門を許可された。２００３年のことである。入門して14年、２０１７年には真打になる段取りであった。奇《く》しくも私と同い年である。落語冬の時代に一途《いちず》に師匠を慕い続け、唯一の弟子になったろべえさんは、私のスターである。

しかし、このままだと真打昇進の祝いの場に、師匠である喜多八はいるかどうかわからない。落語家の師匠は、弟子が真打昇進するときに、自分も生きて披露目《ひろめ》の口上を述べるという前提で入門を許可する。ところが、喜多八師匠にもしものことがあれば、ろべえの披露目に師匠はいない。まだ披露目には1年以上かかるのだ。なんとかそれを一夜だけでも見られないものか――。

明けて2016年の1月12日、1月の「渋谷らくご」公演の最終日最終公演。喜多八師匠はスケジュールをくれた。そこで私は提案してみた。

「ろべえさんにはじめてのトリをお願いしたいと思っています。今年は、最初の公演と最後の公演で、〈新年のご挨拶《あいさつ》〉という時間を最後に設けて、お客様に向けておひとりずつ口上を述べる時間を作りたいと思いますが、いかがでしょうか」

みなまでは言わない。これがなにを意図したことなのか。もちろん、初日にも新年の挨拶はするから、最終公演でも口上をしても違和感はない。最終公演だけやる違和感はぬぐえる。しかし、喜多八師匠とろべえさんをおなじ壇上に乗っけて口上を述べる「画《え》」を示すということが、なにを意味するのか。はたして喜多八師匠は察しただろうか――。

「いいね、やりましょう」

あっさりと承諾を得られた。

「メンバーはどうしましょう」

「そうだね、ろべえを追い込みたいね……。あっしが先鋒《せんぽう》を務めましょう」

思ってもみない提案だった。四人の出演者のうち、トップが喜多八、トリがろべえ。落語ファンが聞いたら怒られそうな順番だが、師匠の口からろべえさんに大きな経験を積ませるためにという大義を客前でも語ってもらえるならば違和感はない。心がときめいた。意外とプロモーター気質なところもある師匠の一面を久しぶりに見た。

残るは二名。この公演はやるのであれば超満員でなければ意味がない。ひとりでも多くの人に、二つ目がトリを務める重圧と闘う姿、そして最後に師弟が高座で揃って口上を述べる姿を見せたい。この公演、どういう高座を務めようが、ろべえさんは確実に成長する。経験したことのないような場になるからだ。

「一之輔師匠はどうでしょう」

「いいねえ」

一之輔師匠のスケジュールは事前に聞いておいた。今月共演してもらったばかりだが、それだけに楽屋にいてストレスがないことはお互い確認済みだろう。高座にあがること以外の師匠のストレスや不安因子は極力排除しておきたい。

「あとひとりは……」

師匠は考えながらこう言った。

「松之丞がいいんじゃないか」

師匠は以前、この「渋谷らくご」で神田松之丞さんと共演した記憶が鮮明らしい。

落語ではない演芸、それでいて喜多八、一之輔と続く番組でなにかを起こしてくれそうな人物。そして確実になにをやってもいい状態でトリにバトンを渡せる状況判断能力。二つ目だが、実力充分だ。ろべえさんにおそるおそる、こういう流れはどうだろうかと相談してみた。ろべえさんは、うっすら苦笑いを浮かべただけだった。師匠の思惑であれば、乗らないわけにはいかない。やりにくいのはわかる。でも、この日の高座は、忘れられないものにする。そう心に誓った。

　こうして、２０１６年1月は、柳家喜多八、春風亭一之輔、神田松之丞、柳家ろべえという奇妙で興味深い番組となった。最後には松之丞さんを司会に、四人が高座で口上を述べる。この番組だけはどうしても脳裏に焼き付けなければならない。もはや番組が確定した11月中旬から気が気ではなかった。

　さて、翌12月14日は、喜多八師匠の指名で、立川こしらとの二人会。「自分がわからないことをやっている人とやりたい」とのことで、喜多八師匠はこしら師匠に興味を持ったようだ。しかしこの指名の件は、落語会自体の味を損なう可能性もあったので、大々的には告知せず、平常運転で行った。立川こしら「明烏」、柳家喜多八「笠《かさ》碁《ご》」。12月の「笠碁」である。喜多八師匠はまず楽屋入りすると、紙にまだ「渋谷らくご」でかけていない演目を書き出していき、その日の演目の候補を絞っていく。

2016年１月12日の「渋谷らくご」。右から喜多八、一之輔、ろべえ、松之丞

「文七元結」、「二番煎じ」、再度やっても良さそうなのだが、どうしてもネタの重複をしたくないという意地。演者としての意地が、この時の師匠を支えていた。柳家伝統の「笠碁」は、碁を打つ老人二人が些細なことから喧嘩《けんか》になってしまうという、ほのぼのとした噺で、柳家では大ネタだ。どちらかというと暖かい季節の雨模様の日にかかる演目だが、「笠碁」をやりたいと思ってかけたのだろうか。ただ、やりたかった。もしそうなら、それだけでありがたいという気持ちになって私は涙ぐんだ。

２０１６年、１月12日火曜日、夜20時。これまでにない動員を記録した「喜多八、一之輔、松之丞、ろべえ（現・小八）」

の番組は、口上まで見事に成功し、これから真打へと向かうろべえさんの高座も味わい深いものとなった。

柳家喜多八「黄金《きん》の大黒《だいこく》」／春風亭一之輔「普段の袴《はかま》」／神田松之丞「正宗《まさむね》の婿選び〜日本名刀伝〜」／柳家ろべえ「二番煎じ」という番組だった。

「黄金の大黒」は長屋の大家さんのお坊ちゃんが、庭で砂いじりをしているところ黄金の大黒様を見つけたということで、長屋連中でボロの紋付もどきを着まわして、お祝いの口上を述べにいくという話。まさにこの日、ろべえさんが昇進するかのごとき祝いの一席に、聴こえなくもない。弟子のろべえは、それを受けてか喜多八十八番の「二番煎じ」でこれに応えた。師匠、私はいまはここにいます、という位置報告でもするかのようだ。

この日の動員記録は、いまだ破られていない。会場もMAXの客入りが何人かを把握していなかった頃の話だ。消防法上、いまでは到底この人数を入れることは許されない。

この日の口上はたしかに存在した。歴史のなかで、柳家喜多八が、ろべえとおなじ高座の上で（新年の、というテイで）口上を述べた一夜があったことを、この場を借りて証言しておきたい。この場を用意できたことが私の誇りである。

２０１６年2月13日土曜日。すでに歩くこともままならず、楽屋に到着するや息を切らして落ち着くまで10分、それから自力で服を脱ぐこともできない喜多八師匠がそこにいた。それでも休演するとは一切言わないのだ。ここまでくるとこちらから、出演のオファーをかけないという選択肢は、ない。このキャリアの演者なら、いけるかダメかは自身で判断するだろう。したがって、私にできるのは、万が一なにかあったら自分が責任を取る、という覚悟で、最後まで出演することを信じるのみとなる。

しかし、この2月は立川左談次師匠が楽屋にいた。

邂逅再び。だれの目にも、骨と皮だけになった喜多八師匠を見れば、それがもうどういう状況なのかは明らかだったが、左談次という人はそういう状況を一瞬で察したうえで、何事もなかったかのように明るく世間話ができる人なのだ。

じっとしている喜多八を笑わせ、昔話をし、黙ってタバコを吸って演目を絞らせる時間を作る。とにかく気を遣わせない気遣いの達人である。芸もまた同様だ。

この日の出演者も、喜多八師匠が会いたいであろう人たちで固めた。

古今亭志《ここんていし》ん八《ぱち》、柳家ろべえ、立川左談次、柳家喜多八というメンバーだ。

故・古今亭志《し》ん五《ご》の弟子である志ん八さん（現・古今亭志ん五）は、左談次・喜多八とともに志ん五の昔を振り返る意味でも心やすい存在だ。そして弟子のろべえさん。

左談次師匠。終始ほがらかで、明るく、穏やかな時間の楽屋であった。

古今亭志ん八「出目金／狸賽《たぬさい》」、立川左談次「浮世床《うきよどこ》」、柳家ろべえ「お見立て」、柳家喜多八「居残り佐平次《さへいじ》」。

この体力にして、「居残り」をかけるとは、もはや命知らず、というよりも命削りと言ってもいい挑戦だ。ここにきて確信した。師匠は、一席ずつ、落語にお別れを言っているのだ、と。

居残り、俺はこういう結論になったよ、黄金の大黒、ここまでだ。笠碁、愛してるぜ、と。

この日、帰り際にろべえさんは私に「今日の師匠も、超カッコ良かったですよ」と、静かに、しかし誇らしげに語った。これだけ師匠への心からの愛を口にしてはばからない弟子もそういない。「今日も、先月も、その前も、師匠はいまだにずっとカッコ良いです」。その言葉を聞いて思わずまた目頭が熱くなる。こういう弟子がいてくれることに、観客としても幸せを感じる。私の役割は、いまのこの師弟の芸をどうやってひとりでも多くの観客に届けるか。それだけだ。

その後も喜多八師匠の闘いは続いた。

3月は、気鋭の二つ目二人と、中堅真打の本気に囲まれる会。
柳亭小痴楽《りゅうていこちらく》「締め込み」
立川吉笑《きっしょう》「台本問題」
柳家喜多八「やかんなめ」
隅田川馬石《すみだがわばせき》「幾代餅《いくよもち》」
最高の番組である。一見、なんの違和感もない。しかし、私がひっかかったのは演目である。
「やかんなめ」が出たときには、正直いよいよかという実感を持った。喜多八師匠といえば、「小言念仏《こごと》」、そして「やかんなめ」が寄席でのヘビーローテーション。ここへきて、あれだけやり慣れた演目を選択したということは、もうほかの演目はできないところまで追い込まれているということを意味しているのではないか。抗がん剤を変えたことで体調の変化もいちじるしく、「渋谷らくご」の高座のある日以外は、すでにずっと家で横になっている生活になったということを楽屋で漏らしていた。このことはつまり、それでもここへは来る、と言ってくれているようだった。
2016年4月9日土曜日。
瀧川鯉斗《こいと》「転失気《てんしき》」
隅田川馬石「宿屋の富《とみ》」

入船亭扇里《いりふねていせんり》「明烏」
柳家喜多八「鰻《うなぎ》の幇間《たいこ》」

ようやく暖かくなってきた頃、はやく春や夏の生命力を感じたい、そんな気持ちもあったのか。幇間が旦那にねだって鰻をごちそうになる、までは良かったんだが、その旦那がどこで会った旦那か思い出せないまま鰻屋へ。心で思っていることと、実際に口をついて出る言葉がちがう二人。二人の人物の心の駆け引きと、言葉の駆け引き、双方に魅力のある立体的な噺だが、騙《だま》されたと気付いたあとの幇間が情けなくも滑稽で、悲哀があって可笑しい。動く体力がなくとも、眉毛ひとつ、口の形ひとつで多くの感情を表現することを可能にした喜多八落語は、ますます枯淡の域に入り凄絶《せいぜつ》さを増して、爆笑の質も変容していた。

高座を終え、喜多八師匠が帰った楽屋には、いつものように演目選びのために演目を鉛筆で書きこんだ紙切れが残っていた。そこには達筆な字で、

火事息子
らくだ
子別れ
癇癪《かんしゃく》
棒鱈《ぼうだら》

いかけや
啞《おし》の釣り
欠伸《あくび》指南

と書かれていた。まだまだお別れを言っていない演目たちだ。

4月9日「鰻の幇間」。

しかし、これが「渋谷らくご」柳家喜多八師匠、最後の高座となった。

2016年5月16日。

この月の「渋谷らくご」では、喜多八師匠は左談次師匠との三度目の邂逅、となるはずだった。入船亭小辰《こたつ》（22年9月真打入船亭扇橋《せんきょう》）、立川左談次、古今亭文菊《ぶんぎく》、柳家喜多八という番組だ。

二人のベテランの間に挟まり、文菊という若手真打がどう存在感を発揮するか。小辰という二つ目はどんな演目をかけるか。注目の会だ。

しかし、2日前に休演の連絡が入る。入院である。

代演（代理の出演）に入ったのは、喜多八師匠の盟友、瀧川鯉昇《りしょう》師匠。高座にあがるや、「（喜多八師匠は）元気がない、とのことですが、あの人と出会ってから、あの人が元気である姿を、私はいまだに見たことがありません」と言って笑わせて、「武《ぶ》助馬《すけうま》」の一席で締めた。言われてみれば気だるさを売りにしていた喜多八師匠だ。鯉昇師匠の言う通り、元気な姿を見たことはない。明日にでもまたいつもの不健康そうな雰囲気でフラッと現れるかもしれない。

しかし5月17日、柳家喜多八師匠が亡くなっていたことを、私たちは19日に知る。葬儀一切を終えてからの発表であった。

落語家は、ここまでできるのか。歩けなくても、舌先三寸で、ここまでこられるのか。

生きて呼吸をするだけで精一杯なのに、亡くなる数日前まで高座にあがり、身体に染み込んだ落語を語ることができるのだ。

電話番号すらも知らない、ただ楽屋で会うのだけが楽しみと喜多八師匠が語っていた左談次師匠は、喜多八師匠が亡くなった報を受け、21日に左記のようなツィートを残している。

---

「これやこの行くも帰るも別れては　しるもしらぬも逢坂《おうさか》の関」蟬丸《せみまる》

立川左談次 @sadanzi　2016年5月21日

そんな事は覚悟の前だよな喜多八。

「滝の音は絶えて久しくなりぬれど　名こそ流れて　なほきこえけれ」

楽屋で高座で穏やかな顔と声　喜多八はいつまでも忘れない心の中で生きている。受け入れるのは難しいけど。

---

蟬丸による、百人一首にも入る「これやこの」は、人々が出逢《であ》っては別れる、逢坂の関に寄せる感慨をうたったもので、おなじく百人一首所収の大納言《だいな》公任《ごんきんとう》による「滝の音は」は、滝が涸《か》れてもその水音の名声だけはいまだに流れ伝わっているという意で、名作や名演は、それを作った人が亡くなってしまっても、その作品と心は世の人々の間で生き続けるという意味である。

マジな心は歌に寄せ、そんなことは覚悟していただろ喜多八、なんて楽屋では一度も口にしたことがなかったことを吐露したのだった。

「これやこの　行くも帰るも別れては　しるもしらぬも逢坂の〈席〉」

携帯電話も家の電話も住所も知らない。けれど、楽屋という逢坂の「席」で出逢って別れた、お前のことは忘れない。力強い言葉だ。

私は喜多八師匠死去の報からずっと立ち直れなかった。落語会など、やろうと思えるような日々ではなかった。それは、尊敬していた人が亡くなったからという以上に、その高座にどれだけ自分が救われてきたかを自分自身で知っているからだった。直接コミュニケーションを取ったり仲良くなったりするのではなく、落語という「世界」に浸らせてくれたこと、「これどうだい」「いいなあ」という、コミュニケーションの在り方をしていたからかもしれない。だからこそ、もう聴けない、観られないことの喪失感が大きい。記録メディアでは決して満たされない生の芸に触れる快感は、こういう喪失感をもともなう。だからこそ劇場体験は偉大なのだ。

しかし、師匠は最後までこの「渋谷らくご」に出てくださった。そこを続けなくてどうする。ずっと気持ちの整理がつかないまま迎えた、2ヶ月後の7月。今度は、左談次師匠に、行って戻れぬ「癌」が見つかるのである。

## 七

2016年5月、柳家喜多八の訃報《ふほう》を受けた夜、私は四谷《よつや》三丁目の「三櫂屋《さかいや》」にいた。そこが師匠の根城だった。店主は大学の落語研究会の1年後輩がやっていた。彼は昔、高田馬場の「うどの大木」という居酒屋でアルバイトをしていた。喜多八師匠はその店からの常連だ。いや、ほぼ毎日いたんだから、常連というか、店を支える大黒柱だと言ってもいい。

この年の1月、喜多八唯一の弟子である二つ目 ろべえが「渋谷らくご」でトリをとった。その日の夜も、この三櫂屋でささやかな打ち上げをした。ろべえの真打昇進に、喜多八師匠は間に合わなかった。ろべえの昇進は17年の3月である。

6月、喜多八とろべえが師弟で出演するはずだった「渋谷らくご」で、ろべえはたったひとりで60分の高座を務めた。悲しみは通り過ぎていた。あるいはまだ完全には実感をともなっていなかったか。この弟子にも、そしてお客さんのなかにも現実味がなかった。淡々と語りだしたろべえはその後師匠得意の演目で客席を爆笑させた。お客さんはたしかに笑っている。しかしその顔には涙がつたっている。笑いのなかに洟《はな》をすする音もたくさんあった。時折みせるろべえの師匠ゆずりの語り口にその片鱗《へんりん》をみる。この日集まったお客さんは一生この高座を忘れない。その後、ろべえは喜多八の師である小三治一門に引き取られ、翌年3月、無事真打に昇進した。名を改め小八となった。喜多八の二つ目時代の名である。次代のスターだ。

正直なところ、この年の夏はずっと喜多八師匠が亡くなった事実を受け止められずにいた。亡くなるのはわかっていた。しかしそれにしても、なるべく距離を取ろうと接していたはずの師匠なのに、毎月足を運んでくれ、そして言葉を交わせば自然と思い入れも強くなる。親しくなってはいけないと張りつめていた気持ちがここでゆるんだのかもしれない。なかなか次の一歩へ踏み出せない。

落語の未来は明るい。「渋谷らくご」を育ててくれた喜多八師匠の気持ちに応えるためにも、継続をしなければならない。しかしやるからには継続が目的であってはならない。落語シーンを司《つかさど》る寄席や巨大資本を有する興行師たちが見落としている、新しい価値観で語る演者たちの発掘、そして偏見のない初心者が楽しめる番組、その両立を目指さなければならない。

目下のやるべきことに集中するときだと自分に言い聞かせて7月を迎える。この月は二つ目の柳亭小痴楽と神田松之丞がトリを務める公演を中心に、左談次・入船亭扇《せん》遊《ゆう》というベテランの競演もある。気温は真夏、いつまでもめそめそとしていられない。何事もなかったかのように、笑顔でお客さんを出迎え、そして見送る。開演中に固く閉ざす分厚い扉のように、心に鍵《かぎ》をかける。かけるのだが、自分の心のなかに広がる曇天はどうやっても晴れない。この気持ちが暴れ出さないように、うまく飼い馴《な》らさないといけない。

特別な人もいつか必ず亡くなる。それを悲しまない術はない。心にあいた穴を、見て見ぬふりをしながらたまに見て、適度な距離感で付き合っていく。やがてその穴が新たな世界を知る風穴になる。

迎えた8月。しかし心の穴はふさがらない。立川左談次師匠が以下のようなツイートをしたのだ。

---

立川左談次 @sadanzi　2016年8月24日

どうも黙ってられない、嘘もつき通せない性分で。実は食道癌で闘病中であります。って嫌な告知ですみません。代演ばかりで左談次は死んだのか?そんな噂もチラホラと。癌と闘う噺家。色っぽく無いけどね。それから各種団体のお誘いやら絶対癌が治る水!なんてのも前もってお断り申し上げます。

---

8月、「渋谷らくご」も休演した。入院することになった、とのことだった。

まるで、喜多八師匠があの世での呑み仲間を誘うように、癌は左談次師匠に襲い掛かっていた。

このツイートから読み取れる意味はいくつかある。

まず、癌であることを言うか言わないか、という選択で前者を選んだこと。このことは、「そのほうが楽」であるからでもある。病気だと言うと「なんの病気か」、休演すれば「死ぬんじゃないか」といろいろな憶測を呼ぶ。であれば、癌であることがわかった時点で、静かにこの世界から引退をしてしまうか、それとも公表して活動を続けるか。この選択肢しかない。憶測はもう呼ばない。しかし、このことを公表することは同時に、死ぬ間際まで活動を続けるという覚悟がなければならない。オープンにするということは、途中でやはりあまり情報を出さない、というわけにいかなくなる。回復したならしたで経過も報告することになる。そこまで極端にやらないでいいでしょうと言う人もいるかもしれないが、芸人には律儀な一面があって、一度決めたらそう決めたんだと自分のルールで動く傾向が強い。左談次師匠はすでにこの時、周囲の人には癌であることは公表していたが、さっそく新興宗教や怪しげな水、薬、民間療法などの情報が押し寄せてきていて迷惑をしている、ということを漏らしていた。そういったものもストレスだったのだろう。半端なことはできない。それでもやるぞ、という覚悟がこのツイートであった。

この決断には、少なからず左談次師匠の師である家元 立川談志の生き方も影響していたかもしれない。90年代にはすでに癌であることを公表し、自らをドキュメントで追ってもらってでも自分を追い詰め、究極の一席に挑んでいた談志師匠。07年（12月18日）の「芝浜《しばはま》」に至るまでの躁鬱《そううつ》、老人初心者としての戸惑い、そして癌の経過もすべてあっけらかんとしゃべっていた談志師匠の姿。もちろん、それから亡くなる11年に至るまでの、残光に近い高座も知らないわけではなかったはずだ。それでもそうなる覚悟で公表をした。5月に亡くなったばかりの同年代の喜多八の闘う姿を見て刺激されたことはまちがいないはずだ。亡くなる月まで高座にあがっていたのだ。これが芸人の姿でなくてなんであろう。

しかし、人を笑わせる職業である芸人にとって「病気」は大敵だ。単純にしんどいという理由だけではない。なぜなら「笑えない」からだ。同情したりシリアスに受け止めたりしてしまう人が多ければ多いほど、笑わせることは難しくなる。当然、公表した場合はそういった空気とも闘わなければならない。その覚悟も、できているんだと、私はこのツイートを受け取った。軽妙さを信条とする左談次落語の真価が問われる局面だ。

そしてこのツイートは私にもひとつの決断をもたらした。癌であるから大事をとるとか、確実に出演できるときだけ出てください、というお願いはあまりにも人情を欠く。舞台人は亡くなる寸前まで舞台に立ちたい。50年になろうかというキャリアで、求めるものはもうお金でも名声でもないはずだ(それでもお金は欲しいのも人情だ)。で、あれば。あとはもうここで出演を取りやめるか、何事もなかったかのようにオファーし続けるか、その二つにひとつである。

数日前に休演の知らせを受け、代理に出演できる人を探すのは容易なことではない。左談次に匹敵する代演となるとなおさらだ。事実、7月、8月にも私は休演の相談を受けていた。やっぱり出ると連絡をくれた7月、やっぱり出られないと連絡を受けた8月。師匠のなかでも迷いはある。それでも、数日前の決断を受け止める主催者でなければ、演者としては安心して今後も付き合っていくことは難しいのではないか。遠慮して、迷惑かけたくないんでもう出ません、と言ったほうが、楽は楽なのだ。

---

立川左談次 @sadanzi　2016年9月7日

この13日に抗がん剤治療のため再入院決定。なんと癌が小さくなっていた。医者から水を飲んでも、チョコレートをかじっても飴《あめ》を舐《な》めても構わないとの有り難いお言葉。喉《のど》を通った40何日振りの水の旨《うま》かった事、まさに甘露！希望があれば元気が。ってお調子者の分かり易い反応ではあるのだ。

食道癌は私の父もかかった病気だ。最終的にはなにも飲み込むことができずに全身に転移して亡くなった。芸人とはいえ60代後半になっても、死への恐怖がないわけはない。いや、死に至るまでの痛みへの恐怖か。人はいくつになっても死までの過程が怖いはずだ。

しかし癌を公表してもなお、それすらネタにするつもりの左談次師匠。8月31日には新宿末廣亭《すえひろてい》の余一会《よいちかい》（余った一日と書いて、31日に行われる特別興行）に退院したその足で向かい、数十年ぶりの末廣亭の高座にあがった。寄席に出る。これは立川流にとっては特別な、しかもそこで育った左談次師匠にとっては本当に特別なことなのだ注。

注　立川流の落語家は、1983年立川談志の落語協会脱退にともない、特例を除いて都内の寄席（365日落語の番組を開催している、演芸専門の劇場。「定席」とも言われる）に出ることができなくなった。寄席に出られるのは、落語協会と落語芸術協会に所属している落語家だけである。談志没後の2015年、立川談幸《だんこう》が落語芸術協会に加入、これによって立川という亭号を寄席で見ることが可能になったが、談志一門は変わらず独自の活動を続けていた。しかし、2016年8月31日、末廣亭の企画公演という形で立川流の落語家たちも寄席に出入りすることが可能になった。

---

立川左談次 @sadanzi　2016年8月31日

末廣亭で一席演《ぶ》ってきた。いいお客様、気の置けない一門の連中。やっぱり高座ってたまらなく好きなんだよなぁ。って気障《きざ》っぽいか。

---

感無量、積年の想いをたったこれだけの言葉で表現して照れる左談次師匠。気障は大敵だが、マジな気持ちもちゃんと持っていることはサラリと匂わせる。だからこそカッコ良い。

9月7日のツイートで、9月13日に再入院と書いている。「渋谷らくご」の出番は9月11日だ。思いちがいでなければ師匠は「渋谷らくご」に日程を合わせてきている。それは直接私やスタッフに言うと、こちらが恐縮してしまうので絶対に言わない。けれど、大事な会のひとつとして扱ってくださっているのは明白だった。

覚悟は決まった。今後もなにがあろうと、毎月オファーは続ける。お客さんからもうやめろと言われようが、本人から辞さない限り出演の場を確保し続ける。前日や当日に休演の知らせが入ってもいいという覚悟をもって公演を行う。師匠は癌と共生する。いまは高座にあがり、お客さんの笑い声を聞く、それだけが本人の希望なはずだ。生き甲斐《がい》、というと大げさかもしれない。第三者の私がそこまで考えるのも出過ぎたことだとは重々承知していた。時は動き出している。めそめそしている時間はない。

こうして、2016年9月11日、日曜日17時公演を迎え、左談次師匠は「渋谷らくご」の高座にあがった。退院明け、さらにはすぐ再入院も決まっている状態で、お客さんはどれだけ師匠の病状が悪いのか、もしかしたらこれが最後になるのかもしれないというただならぬ雰囲気も察して、この日この場所に集まっていた。

そういう場での左談次師匠の演目は「癌病棟の人々」。

なんと入院した際に出くわした、癌患者たちとの日常をコミカルに報告する新作漫談だ。闘病しながら、メモを残し、あれを言おう、これを言おうと高座を楽しみにしている師匠の姿が愛《いと》おしくなる一席だった。見舞いにきた弟弟子たちをいじりながら紹介していく、愛ある一席でもある。抗がん剤の影響で髪の毛も剃《そ》って丸坊主になった顔を見て、一回客席がひいているのを感じてからの、軽妙洒脱《しゃだつ》で元気な高座。だれもが師匠が病気であることを忘れてしまう明るい高座であった。生き様という言葉を嫌う人もいる。けれど、これが芸人の生き様でなくてなんであろう。「生き方」なんていう生易しいものではないのだ。

あとでわかることなのだが、この時、すでに左談次師匠は余命半年の宣告を受けていた。

これほどまでに芸人として生き、カッコ良い姿を見せられるものだろうか。お客さんだけじゃない。すべての芸人に見てもらいたい一席、そしてこの後の15ヶ月である。

八

2016年夏。日本では相変わらず野球で広島が強く、世界へ目を向ければNBAではゴールデンステート・ウォリアーズが圧倒的な強さでシーズン73勝を達成し、ツールでもクリス・フルームが圧勝した。ここ数年の変わらない風景になっているほどに、とにもかくにも圧倒的。それは静かに人を殴るような暑さもおなじで、まるで暑さが質量を持った、目に見えない雲のように重く日中の野外を歩行する私を襲った。

師匠はあれだけのお酒好き、いや、酒乱といってもいいレベルのものだった。聞けば昔は、仲間と酔っ払って街中で騒いでいたら警察に補導されて、調書にサインをしなさいと言われるとデカデカと「立川左談次」とサインをしたというエピソードもある。その警察官は呆《あき》れて、「文楽師匠のところのお弟子さんはこんな感じじゃなかったよ?」と言われたとか。あるいは、弟弟子の快楽亭《かいらくてい》ブラック師匠と呑《の》んだ勢いで、まだ高座を務めている後輩の口演中に二人で舞台に入ってめちゃくちゃにしてしまったり。酒場で隣り合わせたチンピラに腹を立て、テーブルでビール瓶を割って殴りかかろうとしたり。正直言って美談とも言えない、胃の痛くなるような話ばかりが周囲の人間から語られていたギラギラした左談次師匠。しかし、そんな師匠でも大病を患ってからお酒を飲めなくなった。食事は喉から摂取することができず、お腹にあけた穴からチューブを通して胃に流し込む。そんなことを楽屋で明るく笑いながら言うのだ。そしてその穴を実際に共演者に見せてみる。

「これこれ、こっからチューブ通して液体を入れるの」

どこか嬉《うれ》しそうである。

すると共演者もすかさず、

「これミルクティー味とかにしたらわかるんですかね」

「お酒は流し込んじゃいけないんですか」

こらこら。わははは。楽屋が華やぐ。こんないじり方をしても許してくれる師匠だからこそ、若手は尊敬すると同時に畏縮せずに高座で楽しく力を発揮できる。楽屋での立ち居振る舞い、気の配り方、そして一席にかける情熱が、また以前よりも鋭くなったような気がした。健康状態も、お酒が抜けたせいなのか顔色はむしろ良くなったような気さえする。体重なんか増えて帰ってきたのだ。

そんな話も楽屋でしていると、まるで快方に向かうのではないかとすら思えてくるのだが、実際はそんなに簡単な病気ではない。しかし周囲には気を遣わせまいと、そう思わせる言葉の魔術とでもいえるような冗談を、周囲に振りまいていたのだった。

翌10月の16日は「権兵衛狸《ごんべえだぬき》」。飄々《ひょうひょう》ととぼける左談次師匠のキャラクターと、唄《うた》い調子の言い立てかのごとき心地よい語りがブレンドしたお得意の一席である。その昔、ほとんどの客が集中力を欠く浅草東洋館《とうようかん》で、左談次師匠の高座を聴いたとき、落語をやってもだれひとりウケないなかでこの「権兵衛狸」がバカ受けだったのを記憶している。それほどやり慣れた演目だ。喜多八師匠のときと同様、やり慣れた演目をかけるということは、師匠の体力が弱ってきていることをも意味していた。それがわかっても私は師匠にはなにも言わないし、師匠も私にはなにも言わない。演者は高座を務め、観客やスタッフはそれを受け取る。それだけでコミュニケーションは成り立っている。私は、師匠が渋谷の奥地にあるこのこぢんまりした劇場の楽屋まで来てくださったこと、そして高座を楽しそうに務めてくださること、これ以上になにも求めることはなかった。師匠もそうだったと思う。そして、それからの1年数ヶ月は、どの高座も輝いていた。演じ手が、心の底から楽しく、愛おしそうに落語を演じる気持ちが客席にも伝播《でんぱ》していく。見ているだけで嬉しくなるのだ。

喜多八師匠のことを思い出す。あれで良かったのだろうか、無理をさせてしまったのではないか。本人の意思を尊重すれば、当然燃え尽きるまで舞台に立ち続けたいにちがいない。しかし、それを止めるのは周りの人間の務めかもしれない。そしていままたおなじような状況で、左談次師匠が覚悟をかためて高座にのぞむ。左談次師匠のおかみさんは、本人以上に体調を気遣って慎重論を述べるが、本人は強行しているようだ。おかみさんの気持ちは痛いほどわかる。私もそれに従うべきではないのか。

しかし、とやはり思いとどまる。舞台なしで生きながらえても、師匠は幸せなのだろうか。いまどうしてもやりたい高座があって、やめたところで生き残る可能性も変わらない。どうなるかわからないのだ。そしてその状況すべてを高座でさらけ出している人に、もう出ないでくださいと、言うべきなのだろうか。毎日、毎日、自問自答を繰り返す。

いずれにしても、万が一の場合、喜多八師匠のときとおなじように、心に大きな穴があく。それにどう対処していいかわからない。しかし、そのことを考えるよりも、いまの最善と未来の最善を天秤《てんびん》にかける。

う思えてくる。

ただ、左談次師匠は、いよいよとなったら自分で身をひける人でもある。そういう冷静さを持っているから状況判断ができる人なのだ。立川談志曰《いわ》く、「馬鹿とは状況判断ができない奴のことを言う」。そういう点でこの師匠には知性があった。自分の限界は、自分で判断できるのではないだろうか。これまでの休演の様子から見てもそう思えてくる。

そうしているところに11月、師匠から抗がん剤治療のために休演するという連絡があった。やはり、この師匠は状況判断を自分でできる。そうなれば、師匠から出られないという連絡を受けるまで、出る前提で準備をすすめる。この月の代演は若手二つ目の春風亭昇々が務めた。師匠の病状は落語家ならだれでもが知っていた。もはや協会、所属団体問わず、その穴埋めをする準備は整っていた。

12月11日、師匠は「渋谷らくご」に来た。

二つ目 柳亭市童《いちどう》が「こんにゃく問答」、二つ目 柳家緑太《ろくた》が「佐々木《ささき》政談」、立川左談次「素人義太夫」、春風亭 柳朝《りゅうちょう》「尻餅《しりもち》」という番組であった。

柳家の大先輩である左談次師匠を前に、二つ目の市童と緑太が意欲的な大ネタをかける。それを許すどころか奨励する空気さえ左談次師匠にはあった。好きにやってくれ、たっぷり、と若手に声をかけるのだ。どう転がっても自分はなんとかする。やはりこの人も自信に満ち溢れていた。「素人義太夫」は「寝床」という演目の前半だが、どうしても義太夫をやると言ってきかない旦那に対して、下手な義太夫を聴きたくない長屋の人々や使用人たちの言い訳がいちいちおもしろい。間に入ってすべてを番頭がひとりで伝えるところも、悲哀があって楽しい。笑わせどころでしっかり仕事をしてサッと降りてくるあたりはトリの柳朝師匠へはずみをつける意味もあっただろうか。

結果的に12月らしい「尻餅」という珍しい噺を引き出した。落語家は高座にあがるまで、どの演目をやるか決めていない人が多い。二つか、三つくらいの候補をもって高座にあがる。前後の演者の演目と、その日の客席の様子でまくらをふりながら決める。直前の演者が爆笑の渦を起こしていれば、トリではまくらも話さず人情噺で締めることもある。だから、だれがどの演目をかけるかも一期一会だ。やっている作業はＤＪにも近い。フロア文化だ。こういう日はこの曲、この曲のあとだったらこれ、最後に聴くのならこれ、というふうに。珍しい噺が飛び出すというのは、事前に準備をしてきている可能性も高いが、当然前の演者が客席を満足させていて、最初から前のめりに聴いてくれている前提だ。たっぷりと三席聴き応えのある噺のあとに、この日の柳朝師匠は「尻餅」を選んだ。だからこの日の高座も忘れられないものになっている。

もう一年が終わろうとしていた。２０１６年は喜多八師匠が亡くなり、左談次師匠が癌になった。

喜多八師匠には、弟子のろべえと高座で口上を述べるという形で年をまたいでもらった。思い残すことはあるかと問われれば、いろいろやりたいことはあったが、それでも師匠にも高座を楽しんでもらえたのではないかと思うようになっていた。

左談次師匠が病になってもなお輝きを増すために、希望を持ちたいと私は思った。食道癌は転移もはやい。もしこのまま悪化するとしたら声が出るのもいつまでかわからない。体力的に落ち着いているうちに、なにか花火をあげる機会はないだろうか。

師匠は覚悟をしているはずだ。いまは癌は大きくならず小康状態を続けているという。治るかもしれないし、完治とまではいかなくても、このまま癌と長く共生していく道もあるかもしれない。私はいま、この新たなステージをあがっている左談次落語を、ひとりでも多くの人に届けたい。どうしたら、そのメッセージを強く押し出すことができるのか。落語ファンですら、いまのこの左談次師匠を観ている人は少ない。それは寄席に出られぬ立川流の宿命なのかもしれないが、それにしたってこの人が談志師匠と落語（と酒）に捧《ささ》げてきたものは大きい。

丸二年を終えた「渋谷らくご」は、2015年から「渋谷らくご大賞」「渋谷らくご創作大賞」という賞を設けて、一発勝負の短期戦ではなくその一年輝いた落語家に賞を出すことにしていた。初代のらくご大賞受賞者である瀧川鯉八さんには、11月はすべての日に出演してもらって、落語界に瀧川鯉八ありと、新しい価値観を提案することができた。そう、実際にライブに足を運ぶ人よりも、ライブにはこないで情報を追うだけの人のほうが圧倒的に多い。そういう人たちが情報を追うのがウェブである。であれば、ウェブで大々的に「瀧川鯉八祭り」と謳《うた》ってみたらどうか。そう思って瀧川鯉八の名を叫び続けた。創作一本槍《いっぽんやり》の鯉八さんは、既存の落語界の価値観を持つ人たちにとっては、評価に戸惑うものであるのがよくわかっていた。ならば、そこに向けてわかってくれというのは時間がかかる。ここは、同世代の、しかも落語に詳しくない人たちで評価していくべきだろう。時代は常にそうして風穴をあけてきた。落語界の価値観も、そういう外野の空気感で変わっていくものだ。

しかし、新しい価値観は常に「新しい存在」でなければならないのだろうか。決してそんなことはない。ゲームボーイの開発者の横井軍平《よこいぐんぺい》風にいえば、「枯れた技術の水平思考」である。玉すだれをマジックハンドに応用した横井式に、だれも改めてその魅力に気づこうとしない存在を、新しい落語会である「渋谷らくご」で発信する。これもここの役割かもしれない。

そこで考えたのが、立川左談次が5日間すべての日程で高座にあがる「立川左談次」月間である。これをやれば、否が応でも、なにかが起こっているくらいのことはわかるだろう。しかし、そうなるとこの5日間、左談次師匠だけを特別にプッシュする動機が必要だ。「癌だから」は絶対にダメだ。同情されていると師匠に思われたら出るものも出なくなる。

左談次師匠が立川談志に入門したのは１９６８年。50周年は２０１８年に迎えることになる。だが、２０１７年４月からは「50年目」に入るはずだ。多少こじつけではあるものの、「立川左談次高座生活五十周年特別興行」としてはどうだろう。そんなことを、少し前から考えていた。折をみて、ちょくちょく口に出しては師匠の様子をうかがってみた。すると、入院のタイミングがわからない、抗がん剤がいつ抜けるかわからない、というので、やはりまとまった日程を取るのが難しいということだった。

これは、遠まわしに断られているのだろうか。いや、しかし可能性はなくもない。病状の小康状態が続けば、本人は断固拒否、という態度でもなさそうだ。

そこに、年始に師匠からＤＭ《ダイレクトメッセージ》がきた。電話でも直接でもなく、師匠からの連絡はいつもツイッターのＤＭだ。この師匠はミクシィやツイッターなど、わりと新しもの好きというのもすごいところだ。若手の頃から常に新しいメディアでこの人は活躍し、売れてきた。なにを考えているのかわからない若手の代表としても扱われた。事実、談志師匠ですら「わからない」部分があると明言していたほどだ。しかしその「わからない」があるからこそ、自分の客ではない新しいお客さんを開拓してくれるだろうと期待を寄せた。その左談次師匠も、いまや60代後半、それでもツイッターを積極的に活用している。

そのDMを読んでみると、正月4日に入院することになったので、1月は休演するとのことだった。

2回に1回の割合で、休演。これを多いととるか、少ないととるか。私はこれは悪くないペースだと思った。特に、癌が見つかっての初年度、抗がん剤のペースと入退院のリズムをつかむのは難しい。しかし、それさえつかめれば、師匠が元気なときは割り出せる。ここで物怖じして、出演を2ヶ月に1回にしましょうなどと譲歩すると、今度はその1回の存在が重くなって師匠にストレスを与えかねない。この1回にどうしても出ないと、となる。そんなことはしない。これまで通りを貫くのだ。前日であっても代演を立てる準備をし、毎月出演のオファーを出す。

しかし、私はそのDMの最後の一文に目を疑った。これまで口頭では何度か伝えていたあの五十周年特別興行について、師匠はどう思っているのだろうと考えていた矢先のことであった。２０１7年1月1日のことである。

「実は、この4日に入院する事となりました。○○さんには連絡しましたが、誠に申し訳ありませんが、13日の渋谷は休演とさせて下さいませ。50周年やりたい。」

「50周年やりたい。」

この企画のことは、師匠の頭の片隅にもずっと残っていたようだった。

どちらかというと遠慮しているように見えたあの話、師匠のなかでもずっと考えてくれていた。

そしてそれについてようやく師匠の言葉が出た。

無責任を装いながらも、いい加減な気持ちでこういうことを言う師匠ではない。

もう、私が2017年にやることはこの元日に決まった。

立川左談次五十周年。この企画を、あとは具体的にしていくだけだ。そのためになならどんな労苦も惜しまない。

九

2月、退院明けの11日土曜日祝日。柳家緑君《ろっくん》(21年真打「緑也《ろくや》」)、神田松之丞、立川左談次、桂　春蝶《しゅんちょう》。

大入り確実のこの回で左談次師匠は軽快な「宿屋の富」を披露した。いまでいう宝くじに当たる人の話だが、一喜一憂する町人たちの様子が愛らしく、哀しく、可笑しい。

　ちなみに、談志門下の左談次師匠の盟友、快楽亭ブラック師匠によれば、この頃の左談次師匠をみて「ここまで落語に固執する人だとは思わなかった」という。たしかに、「渋谷らくご」出演以前の師匠は、「読書日記」、「町内の若い衆」、「権兵衛狸」などで高座をまわしていたような気もする。左談次といえば酒、という困ったエピソードのほうがイメージが強い。しかし、足を骨折し、治ったかと思えば癌になった。自然と酒を大量には浴びなくなった。死を意識した。おなじ柳家だった喜多八師匠も癌で亡くなり、残る時間と体力でできる限りのことをしようともがいた。しかし悲壮感なく、あくまで明るく、軽快に。一席一席、一期一会の高座のために、これうけるかな、あれやろうかなと考えて渋谷までくる。毎月、必ず高座の機会があれば、自然とそこに照準を合わせてくれるだろう。これまで演目がかぶったことは一度もなかった。つまり、翌月に控える高座のために、次の一手を考える1ヶ月を過ごしてくださっている。それは直接言わないでも、ネタ帳と高座を見れば、伝わっていた。

　この時間がいつまでも続いてほしい。だれもがそう思う。そう思う時間をどれだけ長く保てるか、それが表現者に求められる技量というものだろう。たしかに左談次は落語に固執していた。当たり前だ、この人は立川談志の弟子なのだ。照れ、恥じらい、かっこつけ。そういうものをすべて捨てて、一席に向き合ったとき、この人に残ったものは落語への「愛」と「畏敬」だけだった。

それを思い知ったのは翌3月の「渋谷らくご」で、おなじ立川流の若手真打立川志《し》ら乃《の》師匠との二人で1時間の会。左談次にとって志ら乃は甥《おい》っ子弟子の関係にあたる。弟弟子・志《し》らくの弟子だ。志ら乃師匠は左談次師匠をはじめ談志の高弟たちが好きで、なにより左談次師匠らしい軽さを少なからず持っている、立川流では珍しい存在だ。そんな志ら乃師匠の提案で、ここでは急遽《きゆうきょ》開演前にトークを行うことにし、左談次師匠が若き日に談志師匠に入門したときのことなどを私と志ら乃師匠と二人でうかがった。

柳家に入門したいと中学くらいからずっと思っていたこと。談志の著作『現代落語論』を読んで、この人しかいない、と思ったこと。寄席の談志師匠がいかにすごかったか。20代の談志師匠を観て完全にのぼせ上がったこと。あれほどまでに、だれはばかることなく談志愛を語った左談次師匠をはじめてみた。師匠選びはまちがっていなかった、うちの師匠はすごかった、師匠はこう言っていた、あんなこともやらされた、これは勉強になった等々、笑顔で語る。これは裏を返せば、これまでの左談次師匠の歴史のなかで、改めて人前で言えなかったことなのかもしれない。

談志一門は、みな談志は自分だけのものだと思う節がある。もちろん、前座修業中は二人きりで移動したり、直接話しかけられる時間もある。だから、その時の思い出を大事にしているし、その時間だけは自分だけのものだと思っている。談志への想いは総じて健気《けなげ》だ。途中、廃業したり転職していった者もたくさんいる。談志は、突き放してもついてくる、そういう弟子を育ててきた。師匠とは父性の象徴である。そんな師匠に愛されたいに決まっている。そして彼らは生き残ったのだ。自分だけの談志を、大事にしたい。弟子のなかには、談志との思い出を書籍にしたり語ったりする人もたくさんいるが、なぜだか高弟たちはあまり語らない。語る場もあまりないのかもしれないが、そもそもそういうのは照れくさくてできないといった人種なのだ。同時期に寄席で育った仲間の芸人たちにとっても恥ずかしいかもしれない。また、そういう照れくささを持って生まれてきたシャイな人たちが、芸人になっていた時代だ。

だから、左談次師匠も談志師匠存命の時に、毒づきはしても、師匠への愛を語るなんて大胆さは、あまり持ち合わせてはいなかったように思う。しかし、時は経った。談志師匠が亡くなって、お互いどう思っていたかは置いておいたとして、ふつふつと、癌で亡くなった談志師匠の存在が自分にとってどういうものだったかを確認したくなったのかもしれない。目の前に落語マニアがいたり自分の弟子がいたりすると、これはこれでしゃべりにくい。しかしそういう意味では「渋谷らくご」のお客さんは良い意味で歴史に詳しくない人もいるのでフラットに昔話を聞ける。これほどに談志師匠を誇らしく語る左談次師匠をみたことがないと、志ら乃師匠も驚いたほどの公演だった。この日の左談次師匠の演目は「錦の袈裟《けさ》」。豪華なフンドシを穿《は》こうと意気込む男の噺で、バカバカしい一席である。渋谷の地でややシモがかった噺に挑んだ。渋谷には若い女性客もいるからと控えていた噺であるが、やりたかった演目だったのであろう。どうぞ、気にしないでなんでもやってくださいよ師匠。

4月は、真打昇進を目前に控えた古今亭志ん八（現・志ん五）との二人で1時間。志ん八の師匠であった先代の志ん五と左談次は非常に仲が良かった。まだ二人が落語協会にいた頃、ネタ交換の勉強会もしていたほどである。志ん五師匠も早くに亡くなってしまった。本来は、志ん八、左談次という出演順であったが、急遽昇進のお祝いに、とトリを志ん八さんに譲って、開口一番を務めるお茶目さとお洒落さをみせた。そこでやったのが、先代志ん五から譲り受けた「五人廻し」である。弟子の志ん八にとってもこれ以上のお祝いはない。万感の想いで袖《そで》で聴いていたことだろう、また高座の師匠も、この噺を譲り受けたときのことを、つぶさに思い出していたのかもしれない。落語家は、一席ずつに思い出がある。いつ、だれに稽古をつけてもらって、ここを注意された、あるいはなにも言われなかった、などなど。同期のような仲間と交換したものでも、すべての演目の出自がハッキリわかるようになっている。「五人廻し」をやっていた頃の志ん五師匠を思い出し、朝から稽古をし、この一席にのぞむ。だから開口一番の申し出だったのかもしれない。しかし努力のあとは一切見せない。

これを受けた志ん八は、「ん廻し」で返す。「廻し」で繋げて締めるという、きわめて粋な会となった。ちなみにこの「ん廻し」は、ネタ交換で先代志ん五が左談次からもらったものを、弟子の志ん八に継承した噺でもある。


ここまで2ヶ月連続で休演なくきた左談次師匠は、5月の公演にも出演した。

5月15日（月）。立川寸志《すんし》、三遊亭遊雀、立川左談次、古今亭文菊の「渋谷らくご」。久しぶりに四人出演の会で「厩火事《うまやかじ》」。年下の亭主に想われているのかどうか、心配する髪結いのおさきさんをかわいく描き、やきもきする旦那とのやりとりにいまだに思い出し笑いが止まらない。ここに、この師匠の女性観が出ている。この人は女性のかわいらしさを知っている。そして、自分のかわいさの見せ方も。そういうものがすべて出る噺なのだ。

2月から、ここまで休みなくきた。さりげなく楽屋で体調の変化について聞いてみる。入退院のペースはつかめてきた。抗がん剤を入れるペースもつかめてきた、とのことだった。そろそろ決断する時期かもしれない。食道から転移する可能性もある。大丈夫だと思っていても、次には声が出なくなることだってあるのが抗がん剤だ。そのつらさにも慣れてきたとのことだった。

シャバの空気を吸い、落語を一席、そして車で送り迎えをしてくれているおかみさんに隠れてこそこそもらいタバコを吸うのがこの頃の師匠の愉しみだった。いつも帰り際に消臭剤を身体にかけて、バレないように楽屋を出る。そのかわいらしいこと。いや、すぐバレているのだが。

左談次師匠の帰ったあとの楽屋には、いつも消臭剤の香りがかすかに残る。

6月10日（土）「渋谷らくご」、林家《はやしや》たこ平《へい》（現・たこ蔵《ぞう》）、玉川太福《たまがわだいふく》、立川左談次、柳亭小痴楽。

落語芸術協会の二つ目がトリをとる公演に、立川流のベテランが胸を貸すいわれはない。しかし師匠は気持ちよくそれを引き受ける。この頃にはすでに、派閥団体キャリアを超えて、立川左談次を歓迎し、尊敬する空気がこの楽屋にはあった。柳亭小痴楽さんも江戸前で気風《きっぷ》のいい、軽い芸だ。小痴楽さんは談志師匠も好きで、父親の痴《ち》楽《らく》師匠は談志師匠がかわいがった落語家でもある。だから楽屋にいると小痴楽さんのお父さんの話に花が咲く。こういう時間を、なるべく多くの演者に共有してもらいたい。楽屋では小痴楽さんが左談次師匠を尊敬している様子が伝わってくる。

この日の演目は「子ほめ」。寄席でかかる前座噺であるが、左談次師匠がこの演目をかけるとは聞いたことがない。高座を終えた師匠からは「47年ぶりくらいにやった」と、驚きの告白があった。前座の頃にやって以来初めて、ここで演じたわけだ。

つまり。すでに、ここまで「渋谷らくご」で演じた十七席、そのほかは「蔵出し」ということになる。自分の限界に挑戦している。そして楽しんでいる。左談次師匠の一席にかける情熱をここでも垣間見《かいまみ》た。「子ほめ」って。

さて、ここで本題だ。一年の半分が過ぎた。癌は小さくはなっていないが大きくもなっていない。入退院のペースも把握できるようになり、抗がん剤治療のあとどれだけの時間があれば歩けるようになるのか、その頃合いもわかってきた。師匠も私も、考えていることはひとつだった。この状態が年内もつかどうかはわからない。案外何年か続きそうな気もするし、来月容態が変わる可能性もある。

静かに、それでいてハッキリと、私は言った。

「師匠、例の件、そろそろどうでしょう」

「そうだね、9月かな、このままいけば。って、いい加減なことは言えないから、来月決めましょう」

となった。ようやく、小さな山が動いた。覚悟を決めてくださったようだった。

当然、この病状の人を5日間出演させて、万が一のことがあったら、事態は師匠ひとりの問題ではなく、主催者の責任問題にも発展しかねない。一日だって大変な人に、5日連続で高座に上がらせるのだ。そのことは師匠もわかっている。だから師匠は、冗談は言っても、この手の話題で軽はずみなことは言わない。それでも、9月頃だと具体的に口にした。

1ヶ月、その5日間のことを具体的に考える時間も与えてくれた。もしやることになったら、確実にお客さんを入れたい。どうしたらいいだろうか。

毎日トリは体力的にもさすがに難しい。そもそもこの師匠の、他に代え難い軽さがトリの芸質に合っていない。したがってトリは最終日だけにして、ゆかりの演者に出てもらってトリをとってもらい、師匠はその前にあがって、得意の噺をめいっぱいやってもらう。お客さんとも最終日に向けて徐々に気持ちを高めていってもらいたい。

そこで、演目を事前に五席決めておくのはどうだろう。そしてその五席はオープンにするのだ。しかしどの日になにをやるかはわからない。つまり、一日終わるごとにやった演目は記録していくので、最終日だけはなんの演目をやるのかがしっかりわかる。それでいて期待を絶対に裏切らない一席、というのはどうだろう。徐々に公演をどう盛り立てていくかの構想が浮かんでくる。

これを7月に提案してみて、あとはツイッターで相談だ。期待しすぎてはいけない。だけれども、はやる気持ちを抑えられない。いまは、一席でも多く左談次師匠の高座が聴きたい。あの、唄うような落語を。楽しい落語を。幸せのユーモアを。

7月17日（月）「渋谷らくご」。春風亭昇々、入船亭扇辰《せんたつ》、立川左談次、入船亭扇遊。左談次、扇遊の両師匠は古くからの飲み友達、しかも間には喜多八師匠がいた仲だ。そのうえ入船亭兄弟弟子の競演、さらにトップには期待の二つ目 昇々さんが出る。確実に楽しめる会だ。

そこでこの日の演目は「反対俥《はんたいぐるま》」。これにはだれしもがビックリした。

通例だと若手が勢いと陽気さで駆け抜ける演目で、若手時代の立川談志の口演のなかでも「源平盛衰記《げんぺいせいすいき》」と並びその高度な技術が絶賛された演目だ。しかも、若き日に弟弟子の現・快楽亭ブラックに、電車のなかで稽古をつけてもらったといういわくつきだ。しかし、この演目を70に迫ろうという大ベテランが料理したとはなかなかきかない。老人がやる「反対俥」であるが、これがまたなかなかどうして、おもしろい。勢いに任せず、徹底してバカバカしい。勢いのいい車夫がめちゃくちゃに走り回る噺で、付き合わされる客との会話劇だ。しかし、主役たる車夫がやってくる前に、最初にやってくる人力をひいている頼りなく非力な老人車夫が、妙に説得力をもっていて可笑しい。そうか、そういう演出があったのか。

まだまだ左談次落語は発見の連続だった。というよりも、師匠本人も毎月頭をつかって発見していたのだろう。「そうだ、久しぶりに反対俥やってみよう」と。それを想うだけでも涙が出そうになる。

左談次師匠は、「立川流で一番うまいのは、快楽亭ブラックです、これはマジに」と、とある高座で明言していた。それが左談次の基準である。思えば、最初に左談次に弟子入りを志願した現・立川左平次《さへいじ》も、前座時代は快楽亭ブラックに預けられた。つまり、噺はこいつに教わってこいというわけだ。尊敬すべきは年齢やキャリア関係なく、ピュアに尊敬する。そんな想いがあったのか、ネタ帳にはわざわざ「反対俥 快楽亭ブラックバージョン」と、快楽亭ブラックの名を刻ませた。

高座を終えて、師匠は一言笑顔でいった。

「9月、やりましょう」

こうして、2017年9月、左談次師匠が食道癌を公表してから1年、余命3ヶ月と言われた1年後に、「立川左談次落語家生活五十周年記念特別興行」をやることが決まった。

## 十

9月がきた。この月の5日間の公演のために、1年ほど準備してきた。立川左談次落語家生活五十周年記念特別興行。

高座生活ではなく、噺家生活でもなく、落語家生活、としたのは、落語家という肩書をはじめて名乗ったと言われる立川談志師匠に敬意を表した。本当は49年だが、そこは左談次師匠もお客さんも、まわりの演者も、なにも言わなかった。厳密にいえば、49年を終え50年目には入っていたし、そういうことをとやかく言っている場合ではなかった。数えで50だ。

この5日間を終えるまで、師匠は入院はしないことを医者に伝えているようだった。癌とわかって1年、入退院と抗がん剤のペースもつかみはじめてきた頃、それでも決定的な衰弱にいたらないわずかな期間、そこを見計らって師匠は9月の5日間を私にくれた。

もはや歩いて階段を上ることもできず、高座のない日は一日、横になって寝ているということを楽屋では聞いていたが、それでも師匠の高座を毎月見ていて、そんなことは微塵も感じられなかった。こうして高座で輝いていた喜多八師匠のことも脳裏に浮かぶ。しかし左談次師匠の本来の軽さもあるのだろう、高座を聴いているうち癌であることすら忘れて楽しんでいる人がほとんどだった。悲壮感、という言葉からは縁遠いこの浮世離れした存在の、楽屋で見せるほんの一瞬の疲弊した顔が、見てはいけないものを見たような気にさせる。しかし、私はこの師匠と向き合わなければいけないし、逃げてはいけない。すべてを覚悟して師匠はこの5日間を迎える。私もどんなことがあっても対応できるようなシミュレーションをしておく。直接口には出さずとも、それはもうお互い理解し合えていたのではないか、と図々しくもいまでも思っている。

左談次祭りの前の月となった8月は、三遊亭鳳笑《ほうしょう》、隅田川馬石、立川左談次、柳家小《こ》せんという番組で、前後を落語協会の若き実力者で固めた。馬石師匠は、左談次師匠の盟友・五街道雲助《ごかいどうくもすけ》師匠の弟子、また小せん師匠は先代小せんの思い出話にも事欠かない、柳家の軽くて粋な名前の象徴だ。これなら安心して高座を務められるだろう。ここで左談次師匠は「幇間腹《たいこばら》」を40分演じた。若旦那の暇つぶしにつきあわされ、腹に鍼《はり》を打たれる幇間の悲哀。それを笑顔で演じる。持病をネタにする自虐も効いていて、爆笑の連続であった。とても死を覚悟した人の高座とは思えない、いや、死を覚悟したからこそ、一席を大事に、そして軽やかに、務めていたのかもしれない。

怪我の功名、というのは残酷な表現になるが、癌になってから酒が抜けた左談次師匠は、それまでよりもさらに一段、芸が軽やかに、洗練されたように見受けられた。これは、喜多八師匠にもあったことだ。常に、さらに上にと高みを目指している人は、こういう場所を好む。一席も無駄にしたくないという想いが、師匠の心をこだわりのない澄んだものにした。若手にも言いたいことを言い、また言いたいことを言わせ、遠慮も謙遜《けんそん》もなく、風通しのいい空間にしてしまう。

8月には、ロビーに展示したいものがある、と提案を受けた。どうせなら、ということで、落語家生活を送ってきた過去の写真、自作の俳句、そしてパッチワーク、談志直筆の真打昇進の認定証まで。郵送できるものをすべて郵送してくださいと伝えた。師匠もやる気満々である。

落語協会にいた頃の仲間たちとやった芝居の写真、野球の写真、海外旅行にいったときの記念写真、真打昇進のときの口上の音源、さらには談志師匠との写真。

「これだけ写真あってさぁ、師匠とふたりきりってのは、一枚もないんだよねぇ。照れちゃって、一緒に撮ってくださいって、言えるわけねえよなぁ。一度も言えなかった」と笑って語ったものだった。

この距離感が師匠の距離感である。言いたいことは直接言えない。

毎月、歩けなくなっている左談次師匠を送り迎えしているあの美しいおかみさんは、ではいったいどうやって口説いたのだろう。そう聞きたいのも山々だが、そんなことは本当のことを言うわけはないのもわかっている。酒の力を借りてどうのこうの、覚えていないとかどうのこうの。本当のことなんか、恥ずかしくって言えるかいっ、という具合だ。

1983年から84年にかけて、立川談志は寄席を飛び出した。おりしも左談次真打昇進直後の出来事であった。左談次からしてみれば、自分を育ててくれ、また披露目も自分のために多くの人が骨を折ってくれた直後の出来事だった。当初は一門のだれもが、そして談志師匠本人でさえ、この対立は長期化しないだろうと思っていたらしい。しかし予想以上にマスコミはこの小さん・談志という師弟の対立の一件をおもしろおかしく報道しすぎた。小さん師匠はいつでも戻ってこいと、動かざること山のごとしの姿勢だったが、周りはそうはいかない。報道に対してリップサービスを繰り返す談志に対して、談志許すまじという周囲の気配が強くなる。それと同時に談志師匠もその気になってもはや引っ込みがつかなくなる。そしてついに談志は寄席に戻らなかった。

その時代に起こったことを、少しずつ、毎月の楽屋で教えてくれた左談次師匠。周囲の人たちから言わせると、83年当時は若者にも人気があり、売れはじめていた左談次師匠は少しだけ談志師匠から嫉妬《しっと》すら受けていたかもしれない、という。それでも左談次は談志についていき、決して寄席には戻ろうとしなかった。

そして、そのまま35年が経った。

立川流の落語家たちは、ひとつの劇場に10日間連続で、あるいは何日も続けて出る、ということはなくなった。噺家は10日を一サイクルとして生きている。寄席の番組が10日置きに変わるからだ。つまり、10日間の番組が確定すれば、10日間連続でおなじ時間、おなじ場所に出るわけである。

左談次師匠は、35年間、その生活から離れていた。

「5日間もおなじ場所に通うのは、実に35年ぶりであります」と、9月の高座で左談次師匠は言った。それはつまり、右記のような経緯による。


8月、面と向かっての打ち合わせはこのときの5分くらいだった。

「師匠、演目を事前に五席決めておいて、どの日になにをやるかだけ、伏せるのはどうでしょうか」

初心者向けとうたっているので、その日にその演目をやることを知って来る人、というのは第一段階で切り離しておきたい。マニアは5日間とも来る。そういうものだ。行ってみて、結果としてこの日こういう演目だったんだと知るのがだれも損をしない。

できれば毎日来てほしいのだ。当日のサプライズくらいは用意しておきたいではないか。

この提案を持ち帰った師匠とは、その後ツイッターのDMでやりとりすることになる。

「ガンより怖いこの猛暑。色々お気遣い、コンタクトを取って頂き有り難うございます。出番は全面的にお任せ致します。(中略)追い込まれない性格なので、なにを演《や》ろうか?などと思案してみました。みつくろってみますが、もしご要望があればなんなりと。　左談次拝」

50年のキャリアをぶつける五席。正直、師匠本人がどの五席を選ぶのか、聞いてみたい気持ちもあった。初日から5日目までの組み立て、そして大団円に向けてどういう演目を選ぶのか。現時点での到達点を示す五席だ。

しかし、最終日だけはだれしもがこの演目だ、とわかった状態で期待してのぞむ演目になる。ここは、師匠の脳みそをのぞく意味でも、あの演目が五席のなかに入っているかどうかだけでも確認したくなった。

私は勇気をもって、一席だけ伝えてみた。

「阿武松《おうのまつ》、再聴したい気持ちはあります。」

するとすぐに、

「はい阿武松の他四席かんがえます」

この即答に、そもそもの五席の構想のなかに阿武松が入っていると確信した。これまでの「渋谷らくご」で演じた演目から五席、そのなかにこの演目が入っているということは、もっともエネルギーを要するこの演目、初日か最終日のどちらかだろう。どちらにしても良い興行になる。そして、このやりとりを経て、もしかして試されているのは私のほうだったのかもしれないなと思い直した。なにも言わないほど遠慮するか、正直に言ってくるか、演者と主催者の気持ちの一致するところはどこか。

しかしこの一往復のやりとりで、お互いがやろうとしていることはわかった。イメージは共有できている。あとは、お客さんを集めるだけだ。

ご挨拶のようなもの

今回は渋谷らくご連日出演を企画して頂いたスタッフの皆さん、優しく寛容なお客様に先《ま》ずは御礼申し上げます。

晴れがましくもあり、照れも、って歳ではありませんが、囃《はや》されたら踊れ！家元の言葉が強く心に残っております。

兎《と》にも角にもありがたくお受けし、御陽気に、呑気《のんき》に、肩の力を抜いて、出来れば薄ぼんやりとお客様と共に時を過ごせれば幸いであります。

お客様のご来場楽屋一同お待ち申しております。

立川左談次

病室で考えてくださったこのコメントが、ナタリーの紹介記事に並ぶ。日は近い。

このコメントは、そのまま5日間のパンフレットにも実際に掲載されたものである。

この5日間で、演者もお客さんも、燃え尽きないようにしなければいけない。このあとのこともしっかり考えておく。とにかくこれで終わりではないと、だれよりも私が心に刻んでいなければいけない。

それでも、２０１７年9月の立川左談次は、だれの脳裏にも残る5日間にしたいと、心からそう思った8月であった。

やがて演目が決まった。「阿武松」「錦の袈裟」「妾馬《めかうま》」「反対俥」「短命」。翌日、渋谷のお客さんには「錦の袈裟」よりは「浮世床」がいいということで変更願いがあった。熟考のあとが見てとれる。楽しみな五席だ。もちろん、体調次第で演目の変更はいくらでもしてください、と申し添えてあとは9月が訪れるのを待つのみとなった。

十一

2017年9月、夏はまだうるさいほどの自己主張を続けており、だれもがその主張に両耳をふさいでただ静かに通り過ぎるのを待っていた。

渋谷の円山町《まるやまちょう》にあるユーロスペースはコンクリートの打ちっぱなし、無骨なデザイナーズマンションのような、とても涼しい佇《たたず》まいの印象を受ける建物であるが、それでもこの夏は数度のエアコンの不調で、石焼きの如く建物まるごとが熱気を帯びた夜も何度かあった。

「渋谷らくご」は毎月第二金曜日からはじまる。迎えた9月8日の朝には、ロビーに前の晩から美大出身のスタッフ木下さんとともに飾り付けた左談次師匠の昔の写真、駄句駄句《だくだく》会という俳句の会で詠んだ句の短冊、そして師匠自らが趣味としていたパッチワークの作品などが並んだ。

昼過ぎには、「ファン一同」と書かれたスタンド花が二台届いた。これはネットでファンが呼びかけ、お金を出し合って注文した花のようだった。時代もここまで来た、だがこれも常に時代を先取りしてきた左談次師匠らしい。この花を見た師匠はまず吃驚《びっくり》し、そして大層喜んで、最後は申し訳なさそうにしていた。心の底からの感謝の気持ちがそうさせたのだろう。ロビーに花があるだけでホッとする。自身の責任興行にかける生半可ではない気持ちを知った瞬間でもあった。普段は適当にやっているような顔をしているが、決して気を抜いているわけでもない、常に本気の高座だ。さらに自分の名前を冠する公演が決まったとあれば、おのずと気合が入るものである。このタイミングしかない。この公演が終われば、師匠はまた抗がん剤治療に入ることが決まっている。抗がん剤治療にも参っていた師匠が支えにしていたのはひとえに高座だけだった。居場所は座布団の上にある。だからこそつらい道中も耐えられる。すでにそういう心境になっていたことは、楽屋の様子からもうかがい知ることができた。だれよりもはやく楽屋に入り、すべての演者の高座に耳を傾け、終演後は普段はドサ回りの芸人がやることだと一切しなかったサインまで、お客さんを出迎えてしてくれた。歩くことさえままならず、立っているのがやっとの人だったというのに。

立川左談次落語家生活五十周年記念特別興行。

1950年、調布《ちょうふ》に生まれ三鷹《みたか》にある大成《たいせい》高校に通った少年は、幼い頃から寄席通いをして、柳家小さんに憧《あこが》れた。いつかこういう落語をやってみたい。自然と心は落語に向かい、高校に入る頃には真剣に弟子入りを考えるようになる。入るなら、江戸前で滑稽噺を得意とする柳家かな。でも、五代目の小さんは当時は立派な大看板、弟子も多くてとても取ってもらえるかどうかはわからない。どうしようかな、別のところにしようかなと、思案しているところに末廣亭でまだ20代の真打、立川談志を目撃する。立て板に水、思ったこと考えたことが正確に口をついて出てくる、それもすべてが最初から音楽として完成している。時流も捉《とら》え風刺もきいて、現代の観客を意識した地噺《じばなし》から柳家伝統の滑稽噺まで完璧《かんぺき》にこなした。

たしかに、数少ないが20代から30代の談志の音源を聴けば、その天才性はだれにでも即座に理解できる。豊富な知識と確かな技術が若い身体に入っていること自体が奇跡的なことなのだが、それに加えて談志師匠の場合は古典の解釈力や表現力といった部分も卓越しており、元来一度聴いた噺は忘れないという質《たち》だったので記憶力も手伝ってこの頃の音源には全能感が溢れている。昭和の名人上手を聴きこんだ保守的な観客からは生意気に思われたかもしれない。しかしいつまで名人上手のマネをしているんだと言わんばかりの談志の存在は、反対に革新派を熱狂させた。キャリアも技術も上回っていると思われていたのに、後輩の志ん朝に昇進で追い抜かされたという点も、多くの革新派の判官贔屓に火をつけた。新しい時代に生きる伝統は、この男にしかないかもしれない、時代の空気がそう思わせてもいた。そんなときに中学を出たばかりのような少年たちがこの天才に撃たれたのだった。左談次少年もそのひとりだった。65年に『現代落語論』が発売され、左談次少年は十四、五歳、当然この本を読んで感銘を受けた。頭がカーッとなって、柳家のなかでもこの談志師匠に入門するのだと決意した。

現在も活躍する談志師匠の高弟たちは、みなおなじような経験をしている。解釈を深め独自の落語を追求していく90年代よりも、寄席で育った談志の、端正で知性がほとばしる全能感のある高座に惚れている。この人に一生ついていこう。そう思わせるに充分な存在だった。そして多くの弟子が、落語協会を脱退したあとも、談志についていったのだった。

1968年4月、少年はついに談志のもとに飛び込み「談奈」という名前をもらった。若き日の左談次師匠は相当の美青年であったこともあり、この「だんな」という響きがスッと入ってきた。師匠から「ダンナ!」と呼びつけられている風景も可笑しい。5年5ヶ月の前座修業を過ごした仲間には、現在は落語協会の大看板になっている師匠方もたくさんいる。一緒に草野球チームにも所属して自由気ままな前座生活を送った。本人曰く、三遊亭圓生《えんしょう》師匠の出番のときに、名前の書いてある「めくり」をめくり忘れて「さえずり姉妹」のまま圓生が高座にあがることになってしまい大目玉を喰らったのもこの頃の話だ。楽屋にはそのほかにも文楽、小さんといった歴史上の人物がたくさんいた。

73年には二つ目に昇進し、この時「立川左談次」に改名、そのままずっと左談次を名乗り続けることになる。82年の年末から真打に昇進し、都内各所の寄席でそれぞれトリ公演を行った。つまり、各席亭と、口上に並んでくれた一門内外の師匠方にお世話になって、これからはそのお返し、という矢先の1983年5月。師匠立川談志は落語協会を脱退する。ちなみにこの年の1月には志の輔が入門している。志の輔はついに寄席の舞台に一度もあがったことのない落語家となった。

惚れた師匠に弟子入りしたのだからついていくのは当たり前だったかもしれないが、それでも左談次師匠の心中は想像するに余りある。真打昇進の披露目を終えたばかりで、お世話になった席亭や師匠方に後足で砂をかけるように出ていってしまうのである。迷いもあったかもしれない。寄席に残った兄弟弟子もいる。あるいは、脱退してから寄席に戻った人もある。しかし――それでも左談次は談志のもとを離れなかった。

２０１１年、談志は逝った。それまでも、一門のなかで亡くなった人もいた。左談次がこの２０１７年になって思い出していたのは、そんな亡くなった人たちのことであった。

この年の4月には、三遊亭圓歌《えんか》師匠が亡くなった。前年の12月、私が圓歌師匠と寄席で一緒になったときに、高座で亡くなった師匠方の思い出話をしていましたよ、と左談次師匠に告げると、左談次師匠はニッコリとして「わかるわァ」と一言だけ、しみじみと発した。いままさに、師匠は亡くなった師匠や一門の弟弟子たちのことを考えている。

9月8日、初日。

古今亭志ん八、雷門小助六《かみなりもんこすけろく》、立川左談次、春風亭一朝《いっちょう》。

普段は昼間の公演しか出ない左談次師匠だったが、この月だけは20時からの公演に出演してくれた。

初日は前座時代をともに過ごした竹馬の友、春風亭一朝師匠を迎え、思い出話に花が咲く。青春時代を過ごした仲間は、語らずともその場にいるだけで空間がタイムスリップするものだ。私もこの事実がわかる年齢になってしまった。仲間の存在を感じ、声を聴き、高座を聴けば、お互いがなにを考えていまどうしているか、わかるものである。そんなとき、前座時代を思い出してか、こういうことがあった、ああいうことがあったと、師匠は自然と若手に語りはじめるのだった。

志ん八は、左談次とネタの交換会などもやっていた古今亭志ん五の忘れ形見。こののち、師匠の名前志ん五を襲名した。小助六師匠は、協会は別だが雷門助六《すけろく》師匠、つまり左談次師匠と同期のような存在の落語家の弟子である。二人とも師匠の話を興味深く聞く。ふりではなく、本当に尊敬しているのが伝わってくる。それは話している本人にもわかるものだ。その人が、いい加減に聞いているのか、本気で聞いているのか。

志ん八は師匠直伝の「ん廻し」、左談次師匠との二人会でもこの演目をかけた思い出の噺だ。左談次師匠を祝う会でこれ以上の粋な演目のチョイスはないだろう。小助六「七度狐」、左談次「反対俥」、一朝「宿屋の富」。

反対俥は、楽しそうに語る姿が、観客をも丸呑みにしていく。さながら老骨に鞭打《むちう》って滝に打たれる姿をドキュメントとして見世物にしていくという試み。ブラック師匠は談志一門のなかでも左談次がもっとも仲良く気が合った弟弟子だった。左談次師匠からは「本寸法のブラックをぜひここで見せてやってほしい」と私も頼まれた存在だ。

2日目、9月9日。

立川笑二《しょうじ》「黄金餅《こがねもち》」、玉川太福「寛永三馬術《かんえいさんばじゅつ》 梅花《ばいか》の誉《ほま》れ」、立川左談次「浮世床」、立川龍志《りゅうし》「寝床《ねどこ》」。

ともに談志一門で闘い抜いた俊英、龍志師匠。左談次がもっとも信頼を寄せる人物で、若い頃は一緒に海外公演にも行くほどの仲の良さ。尻尾《しっぽ》をつかませない左談次師匠とは対照的に、勤勉さがとどろくほど実直な人柄に、稽古の鬼とも言われるほど芸の鍛錬に余念のない人物だ。したがって兄弟弟子でもお互いを潰しあうことなく共存してきた。共闘した。「浮世床」という軽い演目のなかにギャグを詰め込む左談次、「寝床」という本格古典を真正面から語る龍志、という構図が見事な公演であった。「浮世床」はこの5日間に語る五席の選定で、最後まで悩んだ演目だった。自分らしさを出す50年目の演目五席、そこに入れるのにも悩みに悩んだ。それほどに、思い入れの多い噺である証左であろう。若手の笑二さんも浪曲の太福さんも、めでたい演目で花を添えた。

残るは3日、つまり残った演目は、「妾馬」、「短命」、「阿武松」の三席だ。このあたりから師匠も連日押し寄せる観客に申し訳なさがあったのだろう、予定を変えてツイッター上で演目の事前予告をするようになった。3日目は、「短命」の予告であった。

3日目、立川吉笑「くじ悲喜《びき》」、立川寸志「庭蟹《にわかに》」、立川左談次「短命」、柳家小里《こり》ん「試し酒」。

小里ん師匠は左談次から遅れること9ヶ月、1969年1月に五代目柳家小さんに入門した、左談次から見れば「柳家の直近の後輩」ということになる。前座時代もともに過ごした。落語協会にいた頃は、この小里ん師匠と左談次師匠とで鹿芝居（噺家＝はな鹿、だけでやる芝居）に女形として出演して美形の左談次は人気を博した。そのときの写真もロビーに飾ってある。

談志師匠の協会脱退の引き金となった談四楼《だんしろう》師匠の弟子、44歳で入門した寸志さんが「庭蟹」という駄洒落《だじゃれ》連発のくだらない噺で沸かせたあとに、自虐の意味も込めてか「短命」。ちなみにこの噺は、美人の奥さんの家に養子に入った男が次々と死んでいく、という噺。左談次師匠のおかみさんもキレイな人である。毎月、「渋谷らくご」の高座のために、歩けない左談次師匠を車で会場まで連れていき、高座中は外で時間を潰し、左談次師匠が照れることなく高座を務められる心遣いをみせ、終わる頃に迎えに来る。謙虚ななかにも気の強さもある小柄な女性で、品のある姿が、一度も見たことがない人でも「左談次師匠のおかみさんだ」となぜかわかる。事実、「渋谷らくご」のスタッフがみな紹介される前にわかったほどだ。

柳家らしい根問《ねどい》のまったりとした時間がこの噺の聴かせどころで、前半がフリとなり後半に回収するオウム返しという型に分類される噺だが、実際はご隠居と八五郎の会話が面白い。そこがすべてだとも言っていい。いかんなく左談次師匠のとぼけた空気感が発揮される演目だ。

この日は「目白《めじろ》の師匠」といわれた五代目小さんの高座を彷彿《ほうふつ》とさせる小里ん師匠の「試し酒」に、高座を終えた左談次師匠が襦袢《じゅばん》姿で耳を傾け、「あー、目白だ、そのままだ」とつぶやいてうっすら涙を浮かべていた。もう聴けないと思っていたものが、聴けている幸福に浸って、しばらく無言で聴き入っていた。

9月11日、4日目。

柳家わさび「ちりとてちん」、三遊亭遊雀「四段目」、立川左談次「妾馬」、柳家小八「らくだ」。

コンセプトは柳家の会。わさびさんは柳家さん生《しょう》師匠の弟子、遊雀師匠は元は柳家権太楼《ごんたろう》師匠の弟子、左談次師匠は談志師匠（五代目小さんの弟子）の弟子、小八師匠は喜多八師匠の弟子。つまり、全員もとをたどれば「柳家」である。どこかで、立川の一門とは別に、柳家に憧れたという若き日の師匠に対するプレゼント的な公演を行いたいと思っていた。50年前、こんなに枝分かれするとはだれも想像し得なかった柳家。しかし時代は流れ、柳家はこれほどの多様性に満ちた一門へと進化した。この公演を1968年の、談志かぶれの左談次少年に見せたい。そう思って出演をお願いした面々だ。

「妾馬」は、左談次師匠のなかでは数少ない人情噺である。兄が殿様のもとに嫁いで男子を産んだ妹に会いに行く。酔っぱらった兄・八五郎が、妹・鶴にかける本音の一言一言が心をうつのであるが、そこがいかにも江戸っ子で、悲しくも演じないし、必要以上に嬉しくも演じないのに自然と涙が出てくる。本当の心は素面《しらふ》で言えるかという左談次師匠の人柄もにじみ出る珠玉の一席である。

トリは亡くなった喜多八師匠の唯一の弟子、小八が堂々の「らくだ」を披露した。暗い噺にもかかわらず、なんとも聴き応えがあり幸福感に満ちた公演であった。

この4日目を迎える頃に、左談次師匠の疲れはピークに差し掛かっていたが、「妾馬」を終えたあとの晴れ晴れした師匠の表情を見て、あと一席というゴールが見えてきた安堵《あんど》感を察知した。そうなのだ、あと一席、しかしその一席で、この公演は終わる。

9月12日、5日目。

5日間続いた興行も最終日を迎え、日に日に押し寄せる観客も最大限に膨れ上がった。

ロビーには展示のほかにこれまでの4日間にツイートされた「渋谷らくご」の感想も張り出され、もうほかにスペースもない。無事に終えたいが終わってほしくない。

おそらくこの日を迎えた演者も観客もスタッフも、そしてだれより左談次師匠も、そう思っていたにちがいない。

立川談吉《だんきち》「竹の水仙」、立川左平次「湯屋番」、入船亭扇遊「青菜」、立川左談次「阿武松」。

最終日は左談次一門会である。師匠の大一番、その現場には絶対に直弟子にいてもらいたい。その想いだけで構成した面々である。ゲスト的に、立川流の公演では見られない左談次師匠の飲み仲間、扇遊師匠に入ってもらい、最後には三本締めまでしてもらった。扇遊師匠、後ろに「阿武松」という地噺、それも笑いをまぶした一席が控えるというなかでどういう演目を選択するかと興味津々だったが、「青菜」は初夏の噺なので予想していなかった。しかし、聴いてみればこれしかないという演目選びで、まだ暑さの残るなか、季節を感じて、それでいて笑えて、さらにトリがあがりやすい空気にして渡すという完璧な仕事をしてくださった。

「阿武松」は、実在の六代目横綱・阿武松が横綱になる前の出来事を語る一席。

談志の総領弟子でもある桂文字助得意の一席でもあるが、20代に寄席に出ていたときに立川談志が得意としていた地噺のエッセンスをふんだんに盛り込んだ、この左談次師匠の阿武松もそれを凌《しの》ぐ出来だと個人的には思っている。全編の語りがまさに音楽、最高の「阿武松」である。

寄席で聴いた談志の「源平盛衰記」に圧倒された少年が、50年後に死に至る姿すら楽しませる落語家になるとは、だれが想像しただろう。その少年の姿と、まだ何者でもなかった阿武松の姿が重なる。地噺だからこそ狂ってはならないリズムとテンポ、随所に見られる知性とユーモア、聴く者すべてにカタルシスを感じさせる言い立て。この噺にこそ左談次落語の神髄がある。軽いなかに、粋な人間たちの会話、応援する観客たちの姿。時間が止まってほしい。この時間が永遠に続いてほしい。ずっとこの声とシグサの芸術に酔いしれていたい。そう思わせる一席だ。

　リズムとメロディで畳みかけるからこそミスタッチが許されない。つまり、一言一句を整理して唄うように演じるのだ。左談次師匠はこの一席を仕上げるにあたり、浪曲の京山幸枝《きょうやまこうし》若《わか》のもとまで教えを乞《こ》いにいったという。何年経っても表現の検討を加え続け、磨きに磨いた最適解。噺は人柄を選ぶ。左談次が選んだのではない、この阿武松はまさしく、噺が左談次を選んだのだ。この人が談志に入門することを決めたその日から、この一席に出会い、磨きあげ自分のものにすることは決まっていた。そして今日この日が選ばれた。観客も、この日のために選ばれた。すべてが選ばれた一席だった。

　拍手は鳴りやまなかった。いつまでも鳴りやまず、スタンディングオベーションが起こる、まさにその矢先に、師匠は出演者すべてを舞台にあげて、扇遊師匠に三本締めを託した。余韻は1年半を経過したいまでも残る。滝が涸れても、その滝が流れていた様子が、岩の裂け目からでもわかるように。

左談次師匠は声も出ていて、だれの目にもこの先10年は癌と共生してくれるのではないかという希望すら浮かんだ。しかし、その予想に反して、左談次師匠の声が出たのは、これが最後となった。

おなじく「滝」でもあった喜多八師匠は、この様子をあの世から見ていてくれただろうか。

絵に描いたような大団円で終わったこの2017年9月の動員記録はいまだに塗り替えられていない。

そして、しばらくはこのまま癌と折り合いをつけていくだろうと思われた左談次師匠はふたたび治療に入り、10月は抗がん剤の影響もあり休演、11月にはまた笑顔で「渋谷らくご」の高座にあがったが、すでに声は出すことができなかった。それでもスケッチブックで説明してからヒソヒソ声で落語をやるという芸人魂で爆笑を取り続け、12月、年明けて18年1月、2月と、異常にくだらない小噺の連続で元気に高座を務めた。

3月、もはや自分で服の着替えもままならない状態ではあったが、出番前に師匠と少し話した。

「師匠が楽しみにしていた桜、今年も見れそうですね」

「そうだねぇ」

しばらくして、たまたま楽屋で二人きりになったとき、左談次師匠がわざわざ私のいるところまでやってきて、耳元でこう語った。かすれ声というよりは、風の音のような声だ。小さいいびきのような声だ。

「タツオさん、今日はね、ホントは、出るの、止められたんです。来る必要、なかったの。そのつもりもなかった。でもね、来ちゃったの」

即座にすべてを理解した。

師匠は別れを告げにきた。死期を悟ったのだ。こんな恩着せがましいことは、決して言わない人だった。しかし、この言葉を真に受けても湿っぽくなるだけだ。また、私までそれを受け止めてしまっては、この先もまだ長いと思いたい気持ちと決別することになる。喜多八師匠も過去、一度倒れて復帰した。まだ左談次師匠にもチャンスはあるかもしれない。私は師匠の前では、この先もずっと癌と仲良くやっていくことを信じる人物でありたい。たとえ師匠が諦《あきら》めても。だから、涙は見せられない。

明るく元気に「ありがとうございます！」と振り絞って答えた。「また来月、よろしくお願いします」と。

師匠が亡くなったのはその一週間後である。

亡くなる一週間前まで高座にあがった癌患者。いや、そうではない。師匠は最後まで芸人だった。だから、癌だろうが癌でなかろうが、高座にあがり続けた。

葬式の会場には三分咲きの桜があった。師匠がこの桜を見ることはなかった。

これから70代に入る、この先の10年が黄金の10年になるはずだった、柳家喜多八師匠と立川左談次師匠。

音源も少なく、その高座に触れた人たちの記憶を語り継ぐことだけが、師匠たちを死なせない唯一の方法だ。

各時代に名人はいる。しかし、次代の名人と言われた人物、あるいは名人という権威になることなく、その時代に輝いた清々《すがすが》しい人たち。私たちにはそういう記憶の片隅にいる人たちを語り継ぐ権利と義務がある。ほかでもない、自分が語らずにだれが語る、と思える人物に、人生でいったいどれだけ会えるだろう。たまたまこの時代に生まれ、なんの因果か、ほんの少しでも出会っておなじ時間を過ごした者の義務として、語らずにはいられない。放っておいたら、もしかしたら語られずに、記憶されずに霧のごとく消え去ってしまうものかもしれない。

どの時代、どの世界にもそう思う人がいるからこそ、いまなお残り続ける歌がある。

これやこの行くも帰るも別れては　しるもしらぬも逢坂の関

左談次師匠の墓は、上野の桜を見下ろせる場所にある。

シーチキン球場

小学生のとき、近所に「シーチキン球場」という名の空き地があった。そこは物心ついたときから何年も空き地で、しかも広大で、本当に球場と言っても過言ではないほどの広さだった。

近所の子どもたちは、勝手にそこの空き地に入っては草刈りをし、自分たちの遊び場を作った。草刈りをしていないところは雑草が伸び放題で、都内とは思えないほど自然の宝庫となっていた。子どもの身長よりも高く伸びた草花のなかに、巨大なバッタやカマキリを見つけては仲間たちと大興奮した場所だ。

自宅周辺の路地で野球や、バドミントンや、ドッジボールをする、そんなことが日常の時代だった。そんな時代に、おなじ学区の子たち、あるいは別の学区からも子どもたちが集まり、シーチキン球場で思い思いに遊んでいたのだ。路地ではできない、スケールの大きな遊びができたのだ。友だち、友だちの友だち、友だちの兄、姉、妹、弟。友だちの家族構成もシーチキン球場で覚えた。

運動神経のいいマツイ君の、スケバンのマツイ姉は、スパルタ野球教室をしていた。人数がそろえば、どこのだれかわからない子たちとサッカーをすることもできた。親友のキクチ君と喧嘩《けんか》をしたり、寝転がって空を見たり、いまはなき「空き地」そして「外遊び」を大満喫できる場所だった。

私が小学校にあがったばかりのある正月、私は父と二人でシーチキン球場に凧揚《たこあ》げに行った。

風が強くて寒い日だったが、電線が張り巡らされている路地では凧はなかなか高くに揚げられない。ほかにも私たちのような親子連れが、何組か凧揚げをしていた。

凧は、見たこともないくらい高く揚がった。

私は父から凧揚げの手ほどきをうけるのははじめてで、うまい人がやるとこんなにも高く揚がるものかと感心したほどだった。凧は肉眼では確認できないくらいのところにあり、ビニールでできた三角形の凧が、上を向いているのか下を向いているのかもよく見えない。

空は青く、高かった。

興味本位で、タコ糸を持たせてもらう。しかしその凧を、単独で支える腕力が私にはなく、すぐに怖気《おじけ》づいてしまった。怖くなった。釣り上げられないほどの魚が引いてるような感覚だったので、すぐに父と一緒にタコ糸をつかむ方法に切り替えてもらって、大人の男の力を実感した。

当時の私は事態を把握していなかったが、父はすでに病におかされていた。入退院を繰り返しはしていたものの、取り返しのつかないレベルだとは私は思っていなかった。というか、生き死にの世界について、私はまるで想像していなかった。凧をこんなにも高く揚げられるのだから。

父は、本当に力が強かったのだろうか。それとも、普通の大人ならばあれくらいの力はあるものだろうか。

翌年、父は亡くなった。

私は小学校2年になっていたが、日に日に弱っていく人間を見ていたので、この人は死ぬのだな、と直感できた。

父が死んだ日、死んだばかりの父に触ると、沸騰しているのかと思うほど熱かった身体が、ぬるくなっていた。唇には歯を食いしばった跡がついていた。はじめて見た。

私は泣いてはいたが、これからお見舞いに来て、父に50円ではなく100円のアイスクリームを買ってもらうことができなくなったんだとも思っていた。祖父母が泣いているところもはじめて見た。母が泣いていないのを見て、なんて非情な人なんだと思った。

あれほど高々と爪を揚げた腕は、しばらくして白い棒状の物質となり、家族でそれを箸《はし》で持ち上げた。ビックリするほど軽かった。


シーチキン球場にはその後も通った。

そこには日常があった。

学校でも大人たちにかわいそうなものを見る目で見られ、はれものに触るように扱われた私は、自分だけが年を取ってしまったような妙な徒労感を感じていたが、シーチキン球場に戻れば、顔見知りの友人たちが、いつもとおなじように遊んでいた。そこに行くことで、私はすぐに日常に戻ることができた。

キクチ君もフルヤ君もいた。相変わらずスパルタのマツイ君のお姉ちゃんにバットで尻《しり》を叩《たた》かれていた。

なにを見ているんだ次はお前だ、とマツイ君のお姉ちゃんに言われたことで、私はまた何事もなかったかのようにそこにいるのが当たり前の人間になったのだった。

私が小学校5年になった春に、ある日突然、シーチキン球場はなくなった。穴が開いて出入り自由だった鉄柵《てっさく》は堅牢《けんろう》になり、鍵《かぎ》がつき、だれひとり入れなくなった。

いよいよ売り地だったところに買い手がつき、大きな社宅がつくられるようだった。

2学期がはじまると、シーチキン球場は巨大な社宅になった。そして大量の転校生が私たちの学校に入ってきた。転校生たちは、それぞれの父親と、それぞれの物語をもっていた。一クラスに五〜六人は転校生がいただろうか。

そしてそんな転校生組と私たちが仲良くなるのにも時間はかからなかった。

彼らの社宅に遊びに行くこともあった。そこには整然と並ぶ植樹があった。もう暑いなか、あの身長以上の高い雑草を刈る必要もない。そのかわり、巨大なバッタやカマキリの姿ももちろんない。

社宅にも遊ぶようなスペースはあった。広場、と呼んではいたが、要は駐車場である。両脇には似たような車がたくさんあった。とはいえ、路地でやるよりはみんなも集まりやすい。私たちはまた何事もなかったかのように、そこに集まって遊んだ。

小学5年から6年になるときの正月、もう転校生だということも忘れていたその子たちと、その社宅の広場で凧揚げをした。
凧は新しくできた社宅の植樹や電線にひっかかって、まるで揚がらなかった。

空を見ていた

小学生のとき、三つ年上のいとこのユウキちゃんがよく隣に住む祖父母の家に遊びにきていた。

私はユウキちゃんとは大の仲良しで、ユウキちゃんが来るとわかると、何日も前からワクワクしてなにをして遊ぶか考えていたし、ユウキちゃんもそうだったようで、会うなりお互いせきをきったようにしゃべり出した。

ユウキちゃんは私より明るく博識で、私よりはるかにいろんなことができた。昆虫に詳しくて星に詳しくて電車に詳しかった。蝶《ちょう》の標本を図鑑に載っているレベルで再現するほどだったし、どの季節に星空を観ても指差す場所にある星座や星の名を言え、電車は車両の型番で会話をするほどだった。趣味の広さも圧倒的だった。完全に、なによりも私の上をいっていた。悔しかったが、ユウキちゃんでは歯が立たない。私には兄がいなかったが、そう、いとこというよりも頼もしい兄という感じで、きっとこういう人が学者とかになるんだろうなと思っていた。

ユウキちゃんは絵も上手だった。

ユウキちゃんの描く絵はとても緻密《ちみつ》でリアルであり、電車を描かせても山を描かせてもホントによく観察している絵だった。小学生のとき、ユウキちゃんが描いたあるひとつの絵を見て私はハッと気づかされた。雲が「もくもく」していなかったのだ。私はそれまで、雲を頭と目で認識していながらも、絵を描くと「もくもく」させていた。いつからか、絵本に描いてあるあの「くも」をむやみに信じていた。しかしユウキちゃんの描く雲は「もくもく」しておらず、そしてそれが本物らしかった。この人の目はごまかせない。人の描く絵に影響されず、自分の見た通りを描ける人だ。ユウキちゃんの目は、自分の目よりも正確にいろんなものを見ている、と思った。

雲だけではない。星空まで美しく再現するのだ。鉛筆と色鉛筆で、どうやったらそんなに見たものを正確に再現できるのか、私には手品のように思えた。花火も描いていた。光の軌道だけではなく、細かい煙の一本一本、どれだけ時間がかかるかわからないけれど、ユウキちゃんはこういう根気のいることを、しかも器用にこなすこともできた。

あの頃のユウキちゃんは、空をずっと見ていたんだろう。

ユウキちゃんにはいつも金魚のフンのようにくっついていた、アッコちゃんという妹がいた。アッコちゃんはユウキちゃん以上に明るい子で、思ったことをすぐに口に出す天真爛漫《らんまん》な子だったが、そんなアッコちゃんを邪険にする「お兄ちゃん」なユウキちゃんを見ると、これほどなんでもできる人でも人間らしいところもあるんだなと思ったものだ。

ユウキちゃんはザリガニを捕るのもうまかった。ザリガニを捕まえる仕掛けを作るのもうまかった。けれど決して慢心しないし人を褒めるのも彼の優れたところだった。年に数回しか会えないいとこだったのだが、その都度ユウキちゃんの偉大さを思い知る子ども時代だった。

ちょっと大きくなると、おじさんの転勤の都合でユウキちゃん一家は神戸《こうべ》に引っ越し、会える機会もさらに減った。

中学くらいになると、ユウキちゃんは釣りにハマっていた。あれほど昆虫を追いかけていたのがウソのように、カバンからは、ルアーや糸がキレイに収納されたクリアボックスが出てきた。それはもう宝石箱だった。ひとつひとつの道具がキラキラ輝いていた。なんでものめり込んだらブレーキがきかない。そののめり込み具合が最高にロックな存在だった。こちらがコンプレックスを抱く余地もないほどに、どんな人になってしまうんだろうと期待に胸を躍らせた。

ユウキちゃんが高校のときに、阪神大震災が起きた。

一家は引っ越しを余儀なくされ、エリートだったおじさんはアルコール依存症になった。暴力をふるうようになり、家庭はすさんだ。

ユウキちゃんはそんな家を飛び出すように、広島の大学へ入学した。アッコちゃんも家を出た。おじさんとおばさんは離婚して、おばさんはタイで仕事をするようになった。おじさんはその後胃癌になった。

広島で一人暮らしをはじめたユウキちゃんは自由を得て好き放題だったようだ。山にボロい一軒家を借り、そこで釣りをしたり農家の手伝いをしたり、たまに大学に行ったり。星を観に行き、長期の休みには山小屋で働いたりするほどだった。

そうしているうちに、おじさんは一銭の貯金も残さずこの世を去った。大学を留年し、山小屋で働いていたユウキちゃんは、この時期からなんだか少し様子がおかしくなった。

急に電話をかけてきてはお金を無心したりする。同級生たちは働いているのに自分だけはそうではないこともなぜか気にしていた。就職もしにくい時期だった。

いまから思えば完全に「鬱《うつ》」の状態だったが、私には年に何回か会って話をすることくらいしかできない。

彼は孤独だった。そうして、孤独になると山に行き、今度はそのときのめりこんでいた趣味の写真を撮っているようだった。でも、手持ちがないので滅多にフィルムは使わない。

なんでこうなったのか。自分はどこがダメだったのか。人としてここがダメだ、男としてここがダメだ、知り合いと比べると自分のここがダメだと、どう反論しても念仏のように自分に暗示をかけて責め続けていた。正規の職員の仕事などどこにもなかった。なので仕事に就こうとすると、国家公務員試験を受けるしかない。しかしユウキちゃんは筆記は受かるが面接で落とされる。そうすると人格を否定されたような気になる。さらに自信を失って自らを責め続ける。この繰り返しが何年か続いた。

あるとき、雪山で自殺しようとしたらしい。しかしあまりに寒すぎて救助隊を呼び、さらに借金を作ってしまうという始末だった。私はといえば、申し訳ないけど、この顚末《てんまつ》を聞いて笑ってしまった。やってることがチグハグすぎるユウキちゃんを見て、芸人をやってふらふらしていた私は「おもしろがる」という処世術を手に入れていた。

お笑いのライブの袖《そで》で出番を待っているとき、ついにユウキちゃんの訃報《ふほう》が届いた。自殺だった。今度はきちんとやりきったらしい。山じゃないところで、確実にだれかに見つけてもらえる場所で、ミスのない方法で、実行していた。

それを知ったあと、私は何事もなかったかのように笑顔で客席の前に出る。しゃべる。笑わせる。そういう商売だ。私にはユウキちゃんを責める気持ちはどこにもなかった。

彼は結局無縁仏として埋葬されることになった。

おばさんはタイで日本語教師になった。アッコちゃんはいまでは二児の母だ。

ユウキちゃんが亡くなって数ヶ月後、私の手元に雑誌と写真が送られてきた。それは、ユウキちゃんが亡くなる前に撮影した写真で、ユウキちゃんがなにかのコンテストに応募していたらしい。その受賞の知らせと、写真、そして掲載誌だった。

冬の明け方、雪の積もった山から、空に広がる星々を撮ったものだ。

写真に写っているのは人ではない。

雪と星と月、そして雪原に残ったユウキちゃんの足跡だ。

来た道を振り返って、満月を見て撮ったものだとすぐにわかった。

振り返ったそのとき、ユウキちゃんの瞳《ひとみ》には、どれだけの美しいものが映ったんだろうか。

この人は、いつも空を見ていた。

みやばやし

宮林《みやばやし》医院は環八《かんぱち》と青梅《おうめ》街道の交差点にある皮膚科だった。

子どもの時分に、私はよく皮膚の病気をした。

乾燥する時季には必ずかゆくなっていたし、小学校も高学年になると、口のまわりにひびわれやあかぎれができ、それが悪化して、固くなるとそれをはがしては血が出て、さらに痛くなる。だから、常にかさぶたがあるような状態だった。いまから考えたら原因はストレスの一種なのだろうが、当時の自分にそのような自覚はない。これはいよいよ皮膚科に行くしかないという頃になると、すでに症状は取り返しのつかないことになっていた。だから宮林に行くときは必ず、気持ちが沈んでいたのだった。そう、私たち家族は宮林医院そのものやそこの先生も含めて、すべて「みやばやし」とだけ言っていた。

宮林医院はいかにも街の皮膚科といった佇《たたず》まいで、宮林先生という中年の先生がひとりで切り盛りしており、溢《あふ》れかえる患者をまるでシューティングゲームでもするかのようにひとりずつやっつけていく感じに治療していた。それは投げやりというわけではなく、患部を見つけ最適な治療方法を即座に判断しすぐに行動している様子がそう見えるのだ。先生を支える看護助手さんたちのチームワークも抜群で、泣いていた子どももここに来ると泣き止む。

宮林先生は中肉中背、メガネをかけていて、ギョロッとした目が西郷隆盛《さいごうたかもり》のようで、しかしぱっちりとは開いていなくていつも眠そう。「たっちゃん、ひさしぶり！　どうしたの」と、わりとパワーのある低くて野太い声で語り掛けてくる。笑うでも媚《こ》びるでもなく、近所のおじさん然とした雰囲気である。肝臓の悪そうな顔色で、小太りで、顔にはよく見るとブツブツしたタコのようなものがいくつかあった。もしかしてそういった事情から皮膚科の先生になったのかもしれない。仕事ができて、まわりは美人の看護助手たち。いまから考えたら不倫の匂いしかしない。だけれども、愛想がいいわけでもないこの先生を、嫌いな人はいなかった。貫禄《かんろく》があって町医者としての自信に溢《あふ》れており、いかにも現場でたたかっている風だったが、だからといって悲壮感もなく、患者は最後に安心して笑顔で医院をあとにする。私もなぜか親近感を持っていた。そういう人って、なぜかいる。

医院は2階にあり、待合室から診察室に入ると、広い空間で先生があちこち動いている。患者は個室ではなくみなこの広い診察室の一角におり、包帯を巻かれている人、患部を温めてもらっている人、寝転がっている人などさまざまだ。看護助手さんたちへの指示は大きな声だが、専門用語らしくなにを言っているのかわからない。おそらく薬の名前なのだろう。それでいて患者さんの目の前では、その人にしか聞こえない声でしゃべってくれるのだ。

宮林への通院は、中学以降も何度かあった。金属アレルギーでかぶれたり、にきびが大きくなったり。そのたびに昔通ったことを思い出し、久しぶりに親戚《しんせき》のおじさんに会いに行くような感覚だった。何年か空いて、先生はこちらのことを覚えているかどうかと不安なときも、必ず覚えていてくれ、大きくなったねとか、部活はなにやってるのとか、1分程度の他愛のない会話を交わす。お互いを確認するにはそれだけで充分だった。踏み込みすぎず、見逃さず、というこの先生の距離感が心地よかったのかもしれない。

大学に通うようになると、大きな皮膚の病気もしなくなり、自分の体質も理解してくる。だいたいのことは市販の薬でなんとかなる。先生に会わなくなることがこちらの元気な証拠だ。あの野太い声と無表情な顔が懐かしくなることはあったが、それにしてもう交わすべき会話もない。そして、宮林先生のことは医院以外で一度も見たことがない。なので私のなかの宮林先生はずっと白衣のままだ。

ほどなくして、どうやら宮林先生が亡くなったという話を聞いた。決して葬式などに行こうとか、そういう重い気持ちになる関係ではないが、しっかりと、順番通りに、ちゃんとした寂しさを残して宮林先生は亡くなった。これもすべて母親から聞いたり同級生に聞いたりした情報でしかない。それでも宮林先生の記憶は決してなくならない。

その後、娘さんが医院を引き継いだという話を聞いた。また、その後医院が少し駅に近い場所に移ったりしていたのもなんとなく知っていた。それでも地域の人間にとっては、四面道《しめんどう》から荻窪《おぎくぼ》駅寄りに数百メートルでも移動することは大きな出来事で、宮林医院はほかの郊外駅やチェーン店がひしめく風景などにはない、荻窪ならではの存在感を発揮している。

先年、久しぶりに皮膚科に通わなければならないほどのどうしようもない症状を抱えて、新しくなった宮林医院を訪れた。院内の雰囲気はもはや私の知るものではない。

知っている先生もいない。従業員も多くの患者をさばくのに精一杯だ。時間予約ができず、ただ順番の予約だけで、お年寄りから優先的に治療されるというスタイルに変更されており、ほぼ働いている人は来るなという状況なのだが、それほどに相変わらず人気のある医院でホッとした。

まもなく60歳になろうかという宮林先生の娘さんはたいへんかわいらしい。だが、物怖《ものお》じせずハッキリものを言う感じが宮林先生っぽい。

「あら、こんなに早い番号の患者さんはじめて見た。もう長いんですね」

医院が発行しているカルテのナンバーが相当に若い番号らしく、もうそれほどの番号の人たちはそうそう来ていないようだ。つまり。この地域の人々もかなり入れ替わっている。

知らない先生、知らない空間。だれも知らないところなのに、それでもなぜ私は「みやばやし」に来たのか。

そう思って医院を出ようとしたとき、壁にそれなりに大きな絵がかかっているのにようやく気づいた。それは、油絵で描かれた、あの頃の宮林先生の肖像画だった。先生は嬉《うれ》しそうに少し微笑んでいる。

そうか、これを見て思い出す人たちがいる。心のなかの宮林先生はこんな感じだった。

この絵に慣れる頃には、またここに通う必要がなくなるのである。

# 明治の男と大正の女

祖母の臨終は、私が中学3年のときに訪れた。

癌だった。


祖母は私を育ててくれた。

うちはそのときすでに母子家庭だったので、母の帰りの遅い夜は、隣に住んでいた祖母が私の夕食を作ってくれていた。

私は日本家屋の祖父母の家が大好きで、ことあるごとに出入りした。

　掘りごたつに座って祖母と五目ならべやオセロをやった。冬には石油ストーブがかれ、そのストーブの上であたたまったふかし芋を食べるのが私はなによりも好きであった。石油ストーブの匂いをかぐと、いまだにその頃の温かい気持ちに包まれる。

私は祖父母にはずいぶんと甘やかされた。

母が帰ってくるまでの時間、どこで売ってるのかわからないおやつを食べ、テレビで相撲を見る。普段厳格な祖父は日本酒を少量飲んで気持ちよくなり冗談や駄洒落《だじゃれ》をよく言ってそのうち眠りこけてしまい、祖母はニコニコしながら編み物をしていた。そんな静かな時間が流れていた。場合によっては晩御飯も食べた。祖母の自慢は自家製のコロッケで、ソースなんかかけなくても味がついてるからそのまま食べなさい、というのが決まり文句のようになっていた。実際、美味《おい》しかった。そして自分たちが戦時中から戦後にかけて、いかに芋に命を助けてもらったか、語り出すのだ。気を抜いていると白いご飯のありがたさと、米を何度も噛《か》んで食べろという話に発展する。

貴花田《たかはなだ》がはじめて優勝した日、そんな祖母は入院をした。

「あれは横綱になるのかしらん」と祖母が言っていたのを覚えている。「かしらん」を話し言葉で使った最後の世代かもしれない。

私の父は祖父母より早く亡くなってしまい、そのときの祖母の気の落とし方は尋常ではなかったが、それでも子を失う人はあの戦争のときに、知り合いにたくさんいたんだからと、自分たちに言い聞かせ続けていた。あのときに死なずにいままで生きてくれたんだから、と。

私のことを気の毒に思ったのか、父が亡くなってすぐに、祖母は私を元気づけようとしてできたばかりのディズニーランドに連れていってくれた。私は父親が亡くなってもずっと悲しみを持続できるほど大人ではなかったので、ただディズニーランドに行く、それだけで気持ちが高まった。想像以上に混雑していたが、祖母はイッツ・ア・スモールワールドに乗ると泣きながら池にお金を投げ入れていた。私にはその行動の意味がわからなかったが、「いい時代になった」とそのときは言っていた。いまにして思えば、幼い子どもにその意味がわからなくてもいいほどに、平和になったということだったのだろう。当時はそう思う人たちが多かったのか、イッツ・ア・スモールワールドの水の下には大量の小銭があった。

入院したばかりの頃、サントリーから缶ジュース型の烏龍茶《ウーロン》が発売されており、祖母はそれを飲んで「お茶をお金を出して買う日がくるなんて」とも言っていた。そう言いながら、ストローで烏龍茶を飲みながら「ありがたい」なんて言っていた。

当然ながら、祖父母は私の前で自らのことを「おじいちゃん」「おばあちゃん」と言っていた。いまは「じいじ」とか「ばあば」とか言ったりする風習も根付いているようだが、祖父母の世代では「おじいサマ」「おばあサマ」と呼ばなければいけないところを「ちゃん」まで許容しているのだから、だいぶ歩み寄った感覚だったろう。名はコウユウとトシコといった。幸雄で「コウユウ」って、なんだか変わった感じもするが、明治時代では音読みのほうが堅い印象だったようだ。

で、この夫婦、非常に仲の良い夫婦であった。

喧嘩《けんか》をしたところを見たこともないし、祖母は祖父を、祖父は祖母を尊敬していた。明治の男と大正の女。

小さい私から見るに二人の関係は、つかずはなれずの夫婦の「あるべき姿」のように見えた。常にお互いを真顔で称《たた》えあっていた。

ただ、生涯で一度だけ夫婦喧嘩をしたことがあると聞いたことがある。

祖母は、一度も会ったことのない祖父のお見合い写真を見て、祖父のいる満州まで追いかけていき、結婚したそうだ。

当時祖父は満州銀行で働いていた。軍人の家に生まれた祖父は長男であるにもかかわらず足を悪くして兵隊になれなかったことを生涯引け目に感じていたが、これからの日本を創り上げるべく、当時その突端たる満州に赴いたのであった。

そして私の父が満州で生まれた。

ハルビンというその街は、一日中排気ガスにまみれ、生まれたばかりの父はぜんそくになったらしい。翌年に生まれた叔父《おじ》も同様だった。ハルビンの子どもたちは、外へ出て遊んで帰ると、一日で顔が真っ黒になっていたという。

日本に引き揚げるというとき、叔父はもう助からないと医者から言われたそうだ。助からないので、そのまま現地に置いていって見殺しにせよと助言された。そんな理屈がまかり通っていた時代だ。そのときに、叔父を満州に置いていくか、死んでもいいからともに引き揚げるかで、祖父と祖母は一昼夜喧嘩したという。

どちらがどっちの主張をしたのかは決して言わなかったけれども、結局叔父はともに日本に引き揚げられた。しかもちゃんと生きて帰った。父は死んだがその叔父はいまも80歳をこえて存命だ。

それ以来、大きな喧嘩はしていない、と明治の男も大正の女も目を合わせて言っていた。

私には甘かったあの二人も、それでも激流の時代を生き抜いてきたからか、あの時代の人特有の凜《りん》とした威厳があり、私はどこか畏敬《いけい》していた。

庭には防空壕《ぼうくうごう》のあとがあり、東京大空襲のときの悲惨な話も祖母は涙ながらに語っていた。近所の奥さんが子どもの手を引いて逃げていたらまったく知らない子どもの手だった話。新宿まで青梅街道を歩いて配給を受け取りにいったときの話。千人針を縫って近所の家の息子を兵隊として見送った話。

そんなとき、決まって祖父はなにも語らなかった。

祖父は外国語が堪能だった。明治生まれにしては珍しく長身で、180センチくらいあった。フランス語からインドネシア語まで使いこなす学者肌の人で、文学全般に詳しかった。ソシュールの『一般言語学講義』の初版本や、スタンダールやクロード・シモンの原書まで自宅にあった。祖父は漱石《そうせき》が好きだったが、それは「文学を勉強するのは非国民だ」と言われた時代に、唯一親に買ってもらえた全集が漱石全集だったからだそうだ。

小説論になると口を開く祖父は、あとは駄洒落しか口にしないユーモアのある人だった。ボケてるのかトボケてるのかわからない演出までする。天然を装うのだ。

二人は当然、順番として明治の男が先に逝くだろうと思っていたにちがいない。まわりも言わずともそう思っていたが、しかし残念ながら先に臥したのは祖母だったのである。死は、順番通りが良い。

祖父は足と目が悪かったが、近所の病院までよく見舞いに行った。なにを想っていたのだろう。諦念《ていねん》であろうか。ただ見守るという行為だけしかできない残される者の宿命を、当時の私は知らない。

特にこれといって祖母と会話があるわけでもなく、杖《つえ》をついて椅子に座ったまま、黙ってそこにいるだけだった。

そんな病室にいると私は時に気まずくなった。

祖父が帰ると祖母は起きて吐いた。祖母はそういう姿を絶対に祖父に見せまいと病床でも気を張っていたのだ。

いよいよという日が来て、家族は全員病室に集まり、最期の時を待つしかなくなった。

みながベッドの脇に集まり、意識が薄れていく祖母の耳元に、いろいろ声をかける。おばあちゃん、おかあさん、おばあちゃーん……。すすり泣きながら声をかける。人間の、最後に残る感覚は聴覚なのだそうだ。祖母の指が声に反応して動く。

祖父も立ち上がって声をかけた。

祖母の意識がなくなりかけたそのとき、祖父は大きな声で叫んだ。

「トシちゃァん！」

祖父が祖母の名を呼んだのを聞いたのは、あのときが最初で最後だった。

そんな呼び方をしていることすら、私をはじめほかの親族も知らなかった。

あの祖父の声を聞いたとき、私はハルビンの排気ガスを吸ったような気持ちになった。私たちの知らない、二人だけが過ごしてきた膨大な時間が、目の前に広がった。祖母が亡くなってからは、あれだけ威厳のあった祖父はますます無口になり、やがて子どもを認識できなくなり、数年後90歳で、最期はインドネシア語を話して大往生した。

# 蝿の足音

その電車は、中央線中野駅の、まったくホームにおさまらない中途半端な場所で、決まりの悪そうな様子で止まっていた。

時間は午後を少し回ったばかりだった。

ホームにはけたたましいサイレン音がなり、それはその場に居合わせたあらゆる人々を不快にさせた。

「ただいま6番線ホームで人身事故が発生いたしました。お急ぎのところ申し訳ありませんが、ただいま全線で運転を見合わせております。いましばらくお待ちください」

アナウンスが入る。

「申し訳ありません」という言葉は「申し訳ある」という言葉がない以上その否定形も存在しないことになっているのだが、と、私は頭で別のことを考えながら、やるせない気持ちと焦る気持ちが交錯していた。

さっきまでその場で呼吸をしていた、見ず知らずの人間に、いったいなにがあったのか。私は、別のホームの電車の車内でじっとしているしかなかった。大学での授業の時間には遅れてしまうかもしれない。少なくとも向こうに着いてから授業の準備をする時間はもうない。

人々は、昼間の移動とあって、みな単体での移動のようで、話し合っている人は少ない。いや、正確には話し合っているのはいま隣にいる人ではなく、携帯電話の向こう側にいる人である。

みな口々に、迷惑そうな口調で、それでも目線は「その場所」を見つめている。自分には関係ない人が轢《ひ》かれた。それだけのことである。心を痛める要素はまるでない。

しかし、かといって私には「その人」を責める気持ちが起きない。

すぐに「その場所」には、どこに用意されていたのか巨大なブルーシートが四方に張り巡らされた。

そして、いつの間に到着していたのか、「その場所」で救急隊員と警察官が無線でなにやら話している。

私の脳裏には、「それ」が素手で回収されるという本当かどうかもわからない光景がよぎった。

私の乗っている電車も止まったままだ。

目の前には立体的に張り巡らされたブルーシートがひろがり、車内に残っていた行き場を失った乗客たちは、ある者はヘッドホンを取らずに時間が過ぎるのをただ待っていた、ある者は駅員に文句をいいにいった、ある者は待たせている人に電話をしていたが、しばらくしてみなホームに出て行った。

そして、見るな、と自己主張しているブルーシートに、みるみる引き寄せられていく。

本来、人の目線が入らないようにするためのものが、あまりに目立つために目印になってしまっているのだ。

別のホームで立ち往生していた乗客たちまでもが、いまこうなった原因をつくった張本人を見てやろうと思ったか、あるいは物珍しさがあるのか、あるいはなにも考えず、わざわざこのブルーシートの前にぞろぞろと集まりだした。

それは巨大な蝿たちであった。

ただ、足の音、靴の音だけが、ひとつのホームのある地点に向かって、地響きがするほど一挙に集まっていった。オーケストラの演奏者たちが拍手のかわりにするように、ただ地面に足をたたきつけている音が日中のホームに響いた。それは心臓の鼓動のようでもあった。

大勢の人たちが、我先にと「その場所」に向かい、車両とブルーシートの間にできたわずかな隙間から、身を乗り出して「それ」を見ようとしている。

獲物に引き寄せられる蠅のごとく、人々は「それ」に群がった。そして音を立てた。むろん「その人」のことはだれも知らない。そして「それ」を見たところでなにがどう変わるわけでもない。それでも「それ」を見ようと人々は動く。

到着が遅れた者は、群がる人の肩の後ろから、背伸びをしてまで「それ」を見る。口先にあてがわれた携帯電話では、電話先の相手に「それ」への文句が並べ立てられる。

私は学校の書道の授業をひとりで担当していた、森本《もりもと》先生のことを思い出していた。森本先生は、中学1年から高校3年までの6学年すべての生徒たちが知っている珍しい先生だった。それは担当する授業が「書道」だったからだ。

森本先生は心臓が弱く、声も小さいが品があって、七三分けの髪型と、銀縁のメガネがよく似合う先生だった。見た目は公務員のようでいて中身は自由とユーモアに富んでおり、特別この先生が好きという人も、また嫌いという人もない、そんな存在感の先生だった。

「先生、教科書を忘れました」と言うと、「隣の人に見せてもらいなさい」と言い、「先生、筆を忘れました」と言うと、「隣の人に見せてもらいなさい」と言う。見せてもらってもなにもできない。そして、墨汁を忘れても「見せてもらいなさい」と返すから、それがジョークになっているとわかる。それは毎年学期のはじめに必ず行われていた「儀式」のようでもあり、なぜか学年がひとつあがるごとにこの無感情に繰り出される「隣の人に見せてもらいなさい」に、みなが笑ってしまうのだった。森本先生は、「隣の人に見せてもらいなさい」と言いながら、ゆっくりその生徒のところに近づいて、自分の筆を渡してはじめてニヤリと笑うのだった。

先生は墨汁も使っていいと言っていたが、墨を磨《す》ることの効能を常に語っていた。

ゆっくりと、「墨を磨るときはなにも考えない。ゆっくり、丁寧に、精神を集中させる。そうして磨った墨を使うと、筆が喜びます。筆が喜ぶと、筆を作った人が喜びます。筆を作った人が喜ぶと、その人の家族も喜びます。墨を磨ると、人を幸せにするのです。と、想像しながら磨ること」と言い終わる頃には、墨が磨り終わる。

高校生にもなると、私たち生徒はみなそんな書道の時間がまんざらではなくなっていた。

そんな森本先生が、ある冬の日突然、電車に轢かれて亡くなった。

自殺だったのではないかとか、発作があったのではないかとか、コートに風が入って巻き込まれたのだとか、いろいろな情報が錯綜《さくそう》した。

その後の書道の授業がどうなったのか、まるで記憶がないほどには、私も含め当時の生徒たちはそれなりにショックを受けていた。しかし涙を流す者はほとんどいなかった。全国大会や中国合宿までしていた書道部の部員だけは泣いていた。

それを見たとき、それほどに先生のことを知っている彼らをうらやましいと思っていることに気づいた。

あの森本先生は、いま目の前に起こっているような喧噪《けんそう》の中心に、いたのだろうか。

森本先生も、ブルーシートに囲まれて、だれも知らない人たちに囲まれていたのだろうか。

ものの30分ほどで、「それ」は見事に、手際よく処理された。

その場所には、水で洗い流された、濡《ぬ》れた縁石だけが残った。

あと30分もすればそんな水も乾いて跡形もない。

ホームにはまだ遅延のアナウンスが延々と流れている。

大きい図体で決まり悪そうにしていたその電車は、そのときようやく本来の場所におさまって、次に出される発車の指示を待っていた。


蝿たちは、獲物がなくなったのか、戻るべき場所に戻っていった。

その足音は、祭りの後のように、どこかさびしげでさえあった。


こうしてリセットされた平穏な日常が戻り、その人は本当に存在していたのかどうかすらよくわからなくなる。白昼夢だったのかもしれない。

これは「その人」の本望だったのだろうか。


電車が動き出す準備に入った。

ようやくホームから車内に戻ろうとしたとき、頰にぬるい風を感じた。

私はそのまま大学に向かい授業をする。

そして「先生、ペンを忘れました」と言う教え子が現れると「隣の人に……」と言いそうになる。

# 時計の針

私の通っていた中学、高校は、それはもう絶望的なくらいの男子校だった。しかも軍隊式教育のような中高一貫校で、楽しいはずの学校のイベントの思い出も当時からすべて灰色だった。生徒も、先生も、全員男である。黄色い声はどこにもない。

それに加えて、先生たちはみな「試験を受けるのは君たちだ。オレが代わりに受けることはできない。だから独学が一番いい」と言って、まともな授業などをロクにしなかった。良くいえば放任主義、それでいて落ちこぼれは容赦なくからかわれるのだ。先生たちも年寄りが多く、公立の学校を定年退職してから来る人だとかで、異動がない。そういう意味では教師陣にはまったく緊張感がない。

そんななかで山崎《やまざき》先生という、私が中学3年のときの担任の先生は、まだ30歳になるかならないかくらいの若い先生だった。ちゃんと先生然として若々しさはなくむしろ堂々としたエラそうな感じではあったが、それにしてもほかの定年退職組なんかとは比べものにならないくらい若いというのは、30歳以上はみんな「おじさん」と思っていた10代の私たちにもわかっていた。

化学の先生だったのだけれど、先生の化学の授業は私にはさっぱりわからなかった。この先生は、学生の頃は文系だったらしいのだが、「マグネシウムの燃える白い光を見て、美しいと思った」という理由で化学の道を志したのだそうだ。化学式も美しいと言っていた。不思議なことを言う先生だった。化学式のことはわからなかったけど、化学を語る先生は凜々《りり》しく見えた。

うちの学校では、毎年校長先生自筆の「名言」が書いてある色紙を全校生徒に配るという謎の風習があった。この一年の抱負のようなものだったろうか。それが生活に不要なものであることは、だれの目にも明らかだったので、うちのクラスの全員で、教室でその色紙を手裏剣のように投げて遊んでいた。勢いよく投げすぎて天井に刺さったり、クラスメイトにあたったりして、空間は途端にめちゃくちゃになる。考えれば色紙の角が目に刺さったりしたら危険極まりないのだが、男子校の中学生のストレスと想像力のなさをなめたらいけない。閉塞《へいそく》感を、そんな形でしか放出できなかったのだ。

山崎先生は、そんな色紙投げをしていたクラスの全員を見つけると、全員の頬をたたいた。「一列に並べ！」。いまから考えると、たたくほうも全員は大変だったと思う。金八《きんぱち》先生のような熱血漢、というわけではなかったのだが、なんというか、「人としてしていいことと悪いこと」みたいなことを、言葉では語らずとも、気迫で伝える雰囲気はあった。どこの学校にもひとりくらいはいるものだけれど、面倒くささとかはなく、物腰が柔らかい「お兄さん」的な先生だったのだ。

グレーのスーツがよく似合い、背は低かったが独特の存在感もあり、威厳があった。

うちの学校は、冬は三週間の寒稽古《かんげいこ》、春は一昼夜をかけての山登り、夏はフンドシでの海の遠泳、秋は10キロマラソンと、それはもう軍隊のようなサイクルで一年を過ごしていた。山崎先生は、ほかの教員たちの参加しない、四季それぞれの前述のイベント、寒稽古、山登り、遠泳、マラソンにも生徒と一緒に参加していた。別にその行為を尊敬したり、親しみを覚える生徒は皆無だったが、「あ、参加してるな」とはみんなが思っていたと思う。

山崎先生って、そういう存在だった。彼が生徒に媚《こび》を売るようなタイプではないのは、だれもがわかっていた。

先にも言ったように、まったく女っ気はなく、教師も生徒も全員男なのだが、全校のなかで唯一、事務に女性の人がいた。

美人だったかどうかよく覚えていないのだが、なんか胸が大きく見えたのか、生徒たちは「おっぱいのお姉さん」、略して「ぱいねえ」と呼んでいた。最低の呼称だ。

ある日、教室の前の廊下を〝ぱいねえ〟が歩いているのを見つけたやつが、「ぱいねえ！」と叫ぶと、それに続いてみんな「ぱいねえ！」と叫ぶ。知性はゼロである。ミニオンズみたいな生き物だ。

しかしそれを聞いた山崎先生は、「ぱいねえと言うな！」と大声で一喝した。恥ずかしげもなく。なんてまっすぐ向き合ってくる人なんだ、ところでいま先生「ぱいねえ」って言ったぞと、クラス中、大爆笑だったが、先生は本気で怒っていたのだった。教師と生徒の戦いは、こういうことの連続だ。

私が日直になった日に、学級日誌を書きおわり、職員室に持って行った。職員室はいつもタバコくさいが、山崎先生はタバコを吸わない。酒もあまり飲まないと、酒好きの教員が不満そうに言っていたのを聞いたことがあった。

日誌を手渡すと、先生は突然「何歳のときにお父さんを亡くしたんですか？」と聞いてきた。

先生が思いもよらず、はじめて自分に踏み込んできた瞬間だったので意外だったが、「小学校2年のときです」と答えると、「そうか……大変でしたね、お母さんも」。それ以降、彼はなにも言わなかった。えらいなとも、頑張るんだぞとも、言わない。変なこと聞いてすまないなとか、そういうことも言わない人だったのだ。

「帰ってよし」、次の瞬間にはそれできれいさっぱりだ。いい距離感の大人だなと感じた。私は中学に入る頃には、父親がいないことをなんとも思っていなかった。憐《あわ》れだとも思っていなかったし、寂しいと感じることもなかった。コンプレックスでも、アイデンティティでもなかった。だから、その事実を聞いて、自分の想像でなにかコメントをする大人が鬱陶《うっとう》しかった。私にとってみたら、みんなが食べている菓子を自分だけ持っていないが、かといってものすごく欲しいかというとそこまでもない、くらいの感覚だった。

こういう大人もいるのかと、5月の晴れ渡った空を見てその日は帰った。

先生はある日、終業のホームルームで、掃除をちゃんとしない生徒がいるのを知って、

「時計の針は背が高い人が直せばいい」

とだけ言った。

「君たちは背が低い人に、時計の針を直せだなんてナンセンスなことを言いますか？もし自分の背が高かったら、自分が直せばいいじゃないか、それで諦《あきら》められるだろう。

これとおなじです」

何度言っても掃除をしない人に掃除をしろと強要するのではなく、できる人からやればいい。そうすればできない人は申し訳なく思う。背が低い人だって、考えれば椅

子などに立って時計の針を直せるかもしれない、みたいなことだったと思う。

いつも「ですます」でしゃべっていたし、変なたとえ話をいきなり入れてくる人なので、先生のひとことひとことはなぜか印象に残っているのだが、背の低い山崎先生がこの話をしたのは特に記憶にこびりついている。きっと学級委員とか、教員同士の飲み会の幹事とか、部活やサークルのリーダーとか、やってきたであろう山崎先生が、なんにもしないで文句を言う人たちに対して、怒りもせずに「この人はこういう人なんだな」と思って生きてきたのかなと想像した。それは諦念《ていねん》というよりは、とてもクレバーな生き方に思えた。できる人がやればいい、はキレイごとかもしれないが、やっているうちにその人はますます「できる人」になる。そう言っているようにも思えた。


私は高校に進学し、山崎先生は別のクラスの担任になった。もう一度、中学生から担任したのかもしれない。高校2年くらいになると、学校で顔を合わせても会釈をする程度になった。こうして、徐々に同級生のなかでも山崎先生のことが頭の片隅の記憶の引き出しに押し込められようとしていた頃。

秋のある朝礼で、校長が冒頭こういった。

「今朝、山崎先生が亡くなりました。心臓発作です」

突然の発言に、びっくりした。

ほかのクラスの生徒や、上級生の一部は、その報を聞いて「わー！」とはしゃぎ声さえあげていた。先生を好きな生徒というのはいない。また、生まれてはじめて「突然の人の死」に触れる人も多かったんだろう。どうしていいかわからなかったのかもしれない。思わずはしゃいでみせてしまうほどに、彼らにとって「死」というのはファンタジーだったのだろう。そんな空しい声が、ラケットでボールをうえに飛ばすように、秋空に響き渡った。

山崎先生は、秋のマラソン大会に向けて、毎朝出勤前にジョギングをしていたそうだ。その途中、心臓発作で亡くなった。前日まで教壇に立っていた。

葬式には、結婚してたった1年ほどで寡婦になった「ぱいねえ」もいた。赤ちゃんが泣いていた。

いま、私は舞台にも立っているが、教壇にも立っている。

夏と冬、半期の授業が終わるたびに学生とは別れるときがくる。教える側になってわかるのは、先生は教え子が想像する以上に教え子のことをずっと考えているということだ。ひとりひとり、忘れないのだ。

先生が亡くなった歳から考えると、もう何歳も年上になろうかという自分が、世界中からくる留学生や、春から大学生になったという日本人に、最後の授業になると必ずする話がある。時計の針の話だ。

この話は、だれがしていたんだっけ。

そうか、山崎先生だったんだ。自分で思い出すのにも時間がかかるが、こうして改めて振り返ると、先生は20年以上経ったいまでも、まだ自分のなかに生きているらしい。

私は相変わらず時計の針はだれかが直してくれるだろうと思っている人間であるが、彼らがまた世界中のどこかでこの話を人にしてくれたらいい。時計の針はだれかに刺さり続ける。

拝啓　ジョディ・フォスターさま

中学、高校と6年間、生年月日も血液型も身長も家族構成もおなじ、平本《ひらもと》という友人がいた。

彼は三人姉弟《きょうだい》の末っ子、姉が二人いて、父親がすでに亡くなっていた。私とまったくおなじだ。身長も6年間、1センチの誤差くらいにおさまっていたと思う。

6年間一貫教育の男子校に入学した中学1年の4月、おなじクラスになった平本とは、とても偶然とは思えない境遇の一致からか、すぐに仲良くなったのであるが、そこは男子同士なので仲良くなるといっても、おなじ部活に入ったとか、いつも一緒に帰るとか、一緒に弁当を食べるとかはしない。彼の家は千葉にあり帰りの電車も逆方向なので、たまに学校から駅までの帰り道、一緒に帰るとか、漫画の貸し借りをしたりとか、気になる映画が一致したときは一緒に観に行くとか、その程度のものだ。私にとって友人とはまさにそんなようなもので、べったり一体感を味わうものではない。共鳴したいときに共鳴できる存在だ。ただ、平本は友だちでありながら、どこか自分とおなじ時間だけ生きてきた、もうひとりの自分、あるいは分身のようにも感じていた。

末っ子らしく自由気ままな平本は、性格だけは私とちがって温厚で、文化に興味のある理数系の男だった。とっつきやすいように見えながら、皮肉屋でワガママなものだから周囲にがっかりされる。結果、去る者は追わないサバサバした性格となった。

　平本はテニス部、私はバスケ部（実際は特殊な学校だったので、「硬式庭球班」「籠球班」と呼称されていた）で、当時は衛星放送が開局したばかりで伊達《だて》公子《きみこ》の活躍やマジック・ジョンソンのプレーに私たちは熱中していた。だれにとっても話題が共通している友人は、とにかく貴重だ。

　そんな平本に勧められて観に行った映画で印象深いのは『羊たちの沈黙』だ。映画自体がおもしろいのはもちろんだったけど、私たちはとにかくジョディ・フォスターのいい女っぷりにやられたものだった。土曜日の「剣道」という授業を終え（必修で剣道の授業があったのだ！）、まだ汗くささの残る昼に池袋にいき、できたばかりのシェーキーズでピザを食べ、『羊たちの沈黙』を観て、「ジョディ・フォスターいい女だったなあ」と語り合う中学生が、ジョディ・フォスターが知らない日本にいるってことを、ジョディ・フォスターに教えてあげたい。

　平本からは家族の話を聞いてはいたものの、母親やお姉さんたちには会ったことはなく、母親同士は面識があって連絡もしていたみたいだけど、お互い母子家庭で仕事もしていて、学校の面談のときくらいしか顔を合わせないようだし、中学生なので親同士のことには興味がなかった。

記憶にあるのは、中学の卒業式のときだ。平本のおばさんにはじめて会った。「おっきくなったわねえ」と言ってくれたけど、おばさんはだいたいみんなそう言う。前に見たのは入学式でしょというのと、お宅の息子さんもだよというのとを同時につっこみそうになった。きっと平本も家で私の話をしていたのだろう。仲が良いクラスメイトとして認識していたはずだ。

とはいえ口に出してつっこまなかったのは、平本のおばさんが非常に品の良い人だったからだ。うちの母親のように下世話なところを感じない。高橋恵子《たかはしけいこ》というと言いすぎかもしれないけど、そんなような雰囲気で、どこに出しても恥ずかしくない「母親」だ。その頃の私にとっては「太ってないおばさん」というだけで品良く感じたのかもしれない。そうか、彼と自分の性格のちがいは、母親の品の問題だな、と推測した（なんて自分の母親に失礼なんだ）。

しかし、平本のおばさんが品が良いのはなんとなく想像がついていた。それは、平本の弁当がとっても美しかったからだ。

いつも中身を見ているわけではないが、昼休みに席の近い平本のそばを通ると彼の弁当が目に入る。私の母の作る弁当は、昼休みにフタを開ける頃にはご飯が片方に寄ってしまっていたり、おかずの汁が溢《あふ》れちゃったりしていたが、彼の弁当はぎっしり詰まっていた。弁当を巡っては、私はその後母に、弁当はおにぎりにしてくれと注文を出したり、高校末期には作らなくていいから500円くれとねだったり（そのお金を貯めて麻雀《マージャン》したり）と、みみっちい駆け引きをすることになるのだが、私の弁当はさておき平本のお弁当はミートボールに卵焼き、魚の切り身、シンプルだけれどしっかりと彩りらしきものが中学男子にも感じられ、丁寧な仕事ですねえと思わず唸《うな》らせるようなものだった。「弁当」ではなく「お弁当」だ。この弁当を作るのはいったいどんなお母さんなのだろう。その想像の答え合わせが中学の卒業式でできたわけである。

高校もまったくおなじ敷地で、入学式もあったはずなのだが、まるで新鮮みのない面々でやるだけなので記憶がない。平本とは高校1年までおなじクラスで、2年からは文系と理系に分かれてしまったので毎日教室で顔を合わすことはなくなった。私は部活と麻雀と読書に明け暮れ、学校にとっては良くない生徒のルートに入って、そういう人たちだけが集められるクラスに収容されることになり、当然クラスには気の合う連中が増えるわけで、それなりに楽しく過ごしていた。世の中の同世代にはチーマーだのルーズソックスだのが流行していたようだが、そういった世相とはまるで無縁の映画『キッズ・リターン』のような生活で、女っ気も微塵《みじん》もなく、いま男女の付き合いをしている同世代は全員死ねばいいのにと思っていた。男しかいないこの世界も笑っちゃうことばっかりだよと、どこか刑務所にでも入っているような心持ちで日々をやり過ごしていた。そう思っていないとやっていけない。

そんな2年生も終わりに差し掛かる頃、なんの変哲もない日の朝に、平本のお母さんが亡くなった。突然、朝に。さっきまで生きていた人が、数分後に倒れ、そのまま脳死状態になってしまい、結果、亡くなったそうだ。

その話を聞いたとき、自分の母親ではないのにもかかわらず、なんともいえない喪失感を味わった。それは、単に親近感を覚えていたおばさんが亡くなったからなのか、それともおなじ境遇だと思っていた平本が別の境遇になってしまったことからなのか、わからない。自分だけが、妙に安全な場所にいることに、孤独を感じた。そして自分の身に降りかかったとしたらと想像して、心細さと解放感がブレンドした感情が私を覆い、そんな自分を残酷だなと思ったりもした。

葬式は、喪主側に子ども三人しかいない、変わった風景の葬式だった。親戚《しんせき》も周りにたくさんいたのだろうが、とにかく両親がどちらもいないなかで三人の若者が上座に座っている。しかも彼らは葬式自体に慣れている様子だった。事情を知らない参列者の目にはどう映っただろう。

すべてを済ませて、また学校に戻ってきた平本に、母親が亡くなった日の朝の様子を聞いた。

朝、母親に起こしてもらった。二度寝をしてまた起こされた。台所に行くと母親は弁当を作っていた。部屋に戻って制服に着替えて台所に戻ると、母親が倒れていた。救急車を呼んだとき、卵を茹《ゆ》でていた鍋《なべ》のコンロの火をとめた。この火を点《つ》けたのは母親だから、数分前までしっかりと意識があったのだと気付いた。母親はそのまま脳死状態になった。病院の先生と親族と兄弟で相談して、子ども三人しかいないので脳死状態を維持するのはやめた。

そんな話を聞いて、私の脳裏にはそのときぐつぐつ鍋のなかで温められた卵の映像が残った。

平本とは大学で別々になり、頻繁には顔を合わせなくなった。それでも誕生日がくればこの世にもうひとりおなじ時間だけ生きている人間がいると思って連絡することもある。それはいまでも続いている。

拝啓、ジョディ・フォスターさま。大学のときに平本くんと一緒に『パニック・ルーム』を観に行ったとき、彼はまだ卵を食べることができないと言っていましたよ。

今年、またひとつ年をとった日に彼にメールをしました。

「茹で卵は食べられるようになった？」

「なったよ。消えたトラウマだな。その代わり、鰹《かつお》を見ると思い出すな」

「鰹？」

「鰹は、母親に好きな食べ物ランキングを聞いたら1位になりそうなくらい食卓にあったから（笑）気づいたら自分でもよく買ってるわ」

「そうなんだ。思い出すものでも食べられるんだね」

「いまはほとんど無いけど、泣きながら起きることはごくたまにあるね」

「どんな夢を見るの？」

「どんな夢かは覚えてない。

タツオ、ちょっと待て。この会話、『羊たちの沈黙』のレクターとクラリスの会話のようじゃないか」

こうして私は、アンソニー・ホプキンスになってしまいました。敬具

# 八朔

母の実家は奈良の大和郡山《やまとこおりやま》というところにあった。

京都駅から近鉄に乗り、急行で40分ほどかかる場所で、駅前には郡山城という城があり、毎年咲く桜が名物だ。郡山は城とともに、金魚の名産地として全国的に知られている。地方によくある見渡す限り畑という風景の、「畑」の部分がすべて金魚畑である。こちらの畑は出目金、こちらの畑は和金といったふうに大量生産されている畑もあれば、三世代にわたってヒレの美しい金魚の開発をしている家もある。そして金魚の品評会が、毎年4月、郡山城のお城まつりの時季に行われていた。

祖父母の家はそんな昔の城下町、戦後は商店街になっているところにあった。蔵や離れのある日本家屋で庭もあれば蹲《つくばい》もあり、檜《ひのき》の風呂《ふろ》の横にはボットン便所というい まや幻にもなりつつあるような日本の原風景そのままの家であった。朝、目を覚ますと商店街に流れる、オルゴールのゆるいBGMが耳に入ってくる。それは流行《はや》りの曲のメロディなのだけれど、やけにスピードが演歌風になっており耳にしてもなにも感じないレベルの情報におさえられていた。その音を聴くと、天井に作られた陽光の入る窓からは朝日が差し込み、その朝日にほこりの舞う様子が見てとれた。祖母は三和《たた》土をわたった台所で朝食の準備をしており、居間には祖父がいてタバコを吸ってテレビを見ている。祖父は90になんなんとする年齢でもハイライトを1日二箱以上吸って
いたが異常といってもいいレベルで元気であった。しかし、ほとんどしゃべらない。
私はこの祖父母のいる家を、よくひとりで訪ねていた。小学校から中学、高校に入
る頃までは、冬休み、春休み、夏休みと、休みになったら必ず行っていたのだ。母親
も仕事をしていたので、そのほうが手がかからず楽だったのだろう。決して安くはな
かった新幹線代を払って奈良まで行かせてくれていた。

祖父は生まれたときから戦争で父を亡くしていた。母子家庭で育ったが家計を支え
るために帝国大学まで行き、銀行に勤める傍ら仏像の研究をしていた。郷土史家のよ
うなものもやるほど歴史が好きだったようである。私が奈良に通い詰めた時代はすで
に定年退職しており、歴史探訪ライフを満喫していた。薬師寺《やくしじ》の再建資金の調達のた
めに百万塔なる木製の五重塔のミニチュアを作り、それを売って資金にするという資
金管理の仕事をしていた。新聞の歴史にまつわる記事を切り取ってはスクラップブッ
クにまとめており、美術史研究の論文集などにも目を通し、たまに寄稿する。しかし
それは家族のだれにも話さない。静かに趣味に時間を使っていたのである。祖母はそ
んな祖父をバカにすることなく、口には出さなかったけれど尊敬していたのも感じら
れた。祖父はタバコを吸いながらトランプで七ならべをしているか、本を読んでいる

かしかしない人だったので、祖母は反動からかずっとしゃべっている典型的な関西の女性だった。いや、こういう妻がいるから、夫は無口になっていくのかもしれない。

当たり前だが、春休みは3月に訪れる。ところが春休みが終わる時季くらいから郡山は本気を出すのだ。4月に入ると郡山城の桜が咲く。そこに大勢の人が集まり、祭りが行われる。それを見られない私は満開とまではいかないが、七分咲きというくらいの頃までは奈良に滞在する。祭りがはじまる前までは暖かい日でも人出もすくなく、城址《しろあと》はのどかな散歩コースになる。そうなると私は祖母にお願いをして、八朔《はっさく》を持って一緒に城址への散歩にいくのであった。

なぜか祖母に関しては食べ物にまつわる記憶が多い。祖母は食べ物に関しては偏見なく、新しもの好きだったので、たこ焼き器が発売されるとすぐ買ってきてたこ焼きを作ってくれた。見よう見まねで私もたこ焼きを一緒に作ったりもした。駅前に西友ができたときは、最上階の喫茶店でフルーツパフェが食べられるようになった。そうすると祖母は奈良にきた孫たちとフルーツパフェを食べに行くのであった。モスバーガーも郡山で祖母と初めて食べた。大正生まれとは思えないバイタリティである。近所においしいパン屋ができるとせっせと食べきれないほどのパンを買いに行っていた時期もあった。特に盆暮れになるといろいろな家族が集まっていたので、朝食を用意するよりも大量にパンを買いこみにいく。「サンプーペー」という、なんのことだかよくわからないパン屋の名前もすぐに覚えて、いろんな味のパンを食べていた。私の嗅覚《きゅうかく》の記憶は、この日本家屋に沁《し》みついた木の匂いに、祖母が用意する料理やパン、たこ焼きといった匂いが混ざったものである。そしてそれらを陽光のさす居間で食べる。いま振り返っても巨大すぎる掘りごたつに、ときには八人くらいが座って食事をする。冬はこれに灯油ストーブの匂いも入る。だからなぜか灯油ストーブの匂いをかぐと涙ぐむことがある。昭和を生きた人ならば、だれの記憶にもある風景かもしれない。

祖母はいつも手を動かしていた。裁縫だの食事だの、とにかくなにかをしていないと不安なようだった。食事が終わった後も、フルーツの準備をいつもする。そして毎回のように、果物が食べられる時代になったありがたさを、心から幸せだという目で語るのである。

なかでも私が春休みに行っていた頃は、祖母はよく八朔を用意していた。八朔は皮が厚くてなかなか手ではむききれない。祖母はお盆に八朔と果物包丁を用意して、八朔に十字の切り込みを入れ、そこから手の力で皮をむく。私は最後に口をあけてまっているだけで、皮がむかれた状態の八朔が入ってくる。孫のために八朔の皮をむく時間は、いったいどんな心持ちだったのだろうかと、八朔を見るたびに思い出す。八朔をむくと居間にそのわずかな飛沫《しぶき》が飛んでいるのか、空間ごとすっぱい匂いになる。目もシパシパする。外があたたかくなってくる頃になるとこの八朔の匂いが訪れる。そして桜が目を覚ますのだ。

郡山城への散歩は桜もさることながら、古くからある家屋や、県立の郡山高校の野球部の練習も見られ、さらには帰りに西友に寄ったり、市役所の前の噴水を眺めることもできる。途中、祖母が知り合いにあうと私にはとてもマネすることができない奈良弁の会話が聞ける。大阪とも京都ともちがう、奈良の言葉はまるで音楽のように、まろやかで楽しい会話なのである。

郡山城の城址をめぐっていると、お濠《ほり》を見渡せる高台に、たまにベンチが現れる。天気のいい日はここに腰かけて祖母とただ時間が過ぎるのを待つのだった。遠くには野球部のノックの音や掛け声が聞こえる。空では雲雀《ひばり》らしき鳥が鳴いている。城から周囲を見渡せば、寺の瓦《かわら》や塔が至るところにあるのが見える。ここは千年くらい、ずっとおなじ時間が流れている。

高校に入る年の春、年齢的にはキツイかなと思いながらも、私は祖母に郡山城への散歩を提案した。祖母は前の年に入院したり手術をしたりしていた。言われてみれば少しやせたような気もしていた。だが、変わらず明るくしゃべり続ける祖母からは死の匂いは感じられない。しかし、この邂逅《かいこう》が最後になるかもしれない不安がよぎる。

私は思春期になっていたが、祖父母を愛する気持ちはなぜか変化しなかった。それは、離れた場所にいたからかもしれない。人を想うには距離や時間が必要だ。

始業式まであとわずかという天気のいい4月の平日、私は祖母と郡山城に八朔を持って出かけた。昔は果物包丁と八朔は祖母が持っていたが、そのときは私が持った。私の身体は祖母よりも大きくなり、「やあ、大きくなったなあ」と会うたびに言われた。半年会わないだけでもかなり大きくなっていたのだろう。

桜が咲いた郡山城では鶯《うぐいす》の声もしている。風は冷たいが日差しのある場所ならばずっといられるくらいはあたたかい。祖母はまだマフラーのようなものを首にまきつけていた。

二人でベンチに座り、八朔を切り、むく。家とはちがうが、むきたての匂いはちゃんと届く。初雪を踏みしめるような音で、八朔はむけていく。一房ずつ、祖母の手によって丸裸にされ、私はそれをひとつずつ食べる。たまに祖母も一房食べる。ふと、祖母が笑顔でいう。

「これも今年が最後かもしれへんなあ、アハハ」

八朔をともにむいたのは、その年が最後であった。

# 鶴とオルガン

その女の子は「ゆん」と呼ばれていた。「ゆみこ」なのか「ゆみ」なのか、あるいはもっと別の名前だったのか、もはや本名を思い出せない。そもそも知らなかったのかもしれない。

私たちは、1995年の4月、おなじ大学に入学した。私は文学部に入学したものの、高校と比べてホームクラスという概念が希薄な大学に居場所を見つけられず、運悪く入ってしまった落語研究会は人数が少なくて、むしろ存在の耐えられない重さに辟易《へきえき》していた。過疎地の若者が村を出るに出られないプレッシャーをかけられているような空気で、それでもまだやり直しはきく時期なのではないかと、どっぷり村の人間になることに躊躇《ちゅうちょ》していた初夏だった。文学部のスロープの一角にサークルの部室らしき部屋があることを知った。うまくすれば辞書などを置くことができるかもしれない。幽霊部員でもいいので授業の空き時間などに一服できる場所が欲しかった。そういう邪《よこしま》な気持ちで入ってしまったサークルがあった。そこは学園祭などにバンドを呼んだり、そのために企業回りをして広告を集めてきたりするなど、いろんな学部から至極真っ当な大学生が集まっていたサークルだったのだと思う。しかし私からしたら軽薄な人間の集まるような場所で、まるで毛色のちがう人たちを前に、バスケットサークルになじめず1ヶ月ほどで姿をくらましてしまった苦い経験がある私はひるんでしまいそうになったが、ここでは負けるまいと、なぜか居場所を作ろうと少し努力をした。そうでもしないと、ここに荷物を置けないではないか。

「ゆん」はそのサークルにいた同級生だ。私が部室に出入りするようになったときにはすでに「ゆん」「ゆんちゃん」と呼ばれていたから、おそらく4月から入っていた子なのだろう。彼女も文学部だった。それでいてあまり部には顔を出さず、授業の合間に部室にいくと片隅に彼女もいたような記憶がある。つまり、サークルにいる動機は私とたいして変わらないのだろう。目立たないようにしている節さえあった。

「ゆん、来年は専修どこにするの」

「まだ決めてない！　あたしこの大学推薦で来ちゃったからさー、どこでもいいんだよ」

あっけらかんとして言う。口を開いてみれば明るく笑顔もかわいい。色白で、顔が丸くて、ショートカット。声は少し低くて、コロコロと笑う。美人、といっても差し支えないのだと思うが、なぜだかまったく恋愛感情はくすぐられない。少しだけムチッとした身体つきが、いかにも運動をしない人っぽいのだが、太っているわけでもないし、オタク的な空気はまるでない。

「あんたどうするの」

「俺は仏文か国文で迷っているけどなあ」

おそらく「ゆん」も私に対してはなにも感じていなかっただろう。ゆえに、この私たち二人の関係は、お互いを特別視しない、それでいて存在は感じているという奇妙な関係であり、だからこそ居心地のよい関係だった。

「ゆん」は、長崎の出身だった。私のいた大学には地方から出てきた人が山ほどいた。身近なところにも釧路《くしろ》、山形、石川、名古屋《なごや》、三重、大阪、熊本、石垣島《いしがき》と、むしろ東京出身者のほうが少ないくらいだった。長崎は、子どもの頃に行ったことがある。グラバー園に生き、出島《でじま》を観光して、ビードロを買ったりカステラを食べたりした。九州にこんなに異国感のある場所があるのかと衝撃を受けたものだが、それはあくまで長崎の非日常しか見たことのない人間の印象だ。そこが日常の人たちにこういう印象をすぐさま伝えると、そうじゃないと返ってくるのがオチなので、基本的にはそういう話はしないことにしている。だが、知っている土地の生まれの人と聞くと妙な親近感を抱く。あそこかあ、と。

「ゆん」は女子校の出身で、成績が優秀だったのだろう、推薦で大学に来たということだった。だいたい地方の高校の優秀な生徒は好奇心が旺盛《おうせい》だ。つまり地元だけでは満足できなくなって東京に出てくる。「ゆん」もその手のタイプなのかなと思っていたら、「4年後にちゃんと帰ってくることを約束して、東京行ってこいって言われた。で、あたしはもう長崎帰りたい」ということだった。

「ホームシックなの？」

「そういうことじゃないんだよねえ。むしろ親から離れられてせいせいしてんだけどさあ。一人暮らしが慣れなくて。あと東京はなんか人が多くてまいっちゃう」

「そうかあ。でも東京の人の多いのって、みんな地方から出てきてるからだから、そんなに怖くないでしょ？」

「怖くはない。なんか身体に合わない。でも楽しい」

矛盾はしていない感情なのだが、こういう心のニュアンスだけを伝え合う時間は、いま思うといったいなんだったのだろう。長崎で育った女の子と、東京で育った私が、その日その時、相手の心に分け入って知ろうという気持ちは、なんのためだったのだろうか。特別親しくなろうとも思っていないがゆえに、あの時間はいま考えるととてもキラキラした時間のように感じる。

部室はいつもタバコの煙で、まるで間欠泉から温泉でも湧いたのかと思うほどだった。寒い冬はなおさらで、窓を締め切ってしまうともう部室は煙くていられなくなる。1日に三箱のマルボロを吸う先輩がおり、彼がずっと部室でくっちゃべっているのだ。「ゆん」はタバコの匂いが苦手だった。煙くなると黙って静かに部室を出たのだ。

「ゆん」は生理も重かった。ある日、顔にあざをつくって部室に来たことがあり、どうしたのだと聞くと、登校中の電車内で貧血を起こして知らない間に倒れていたというのだ。そしてその時もまだ顔面蒼白《そうはく》だった。ならば大学に来なければいいではないか、というのは不良の発想らしく、「ゆん」はそれでも真面目に大学に来ていたのだ。推薦なので単位を落とすわけにはいかない、学校に迷惑かかっちゃうかもしれないし、というのであるが、そんな些細《ささい》なことで母校に迷惑がかかるなんて考えられない。明るいわりに真面目で思いつめるんだなと思ったものだが、なにせ毎月のことだからその都度休んでいてはたしかに蓄積すると単位に支障がでてくるのかもしれない。生理のこともオープンにするくらいのサバサバしたやつなのに、毎月毎月、苦しそうな顔をしているのを見て、これは事前に言っておかないと気を遣わせてしまうという長年の経験からサバサバと言うことにしていたんだなと想像がついた。

ある冬の日、3限の授業を終えて部室に行くと、「ゆん」がひとり部室にいて、白いルーズリーフを折っていた。

「なにしてんの?」

「おお。折り紙。折り紙がないからルーズリーフでやってるの」

「へえ。折り紙好きなの? 俺も好きだよ。ばあちゃん子だから」

「ほう。やってみたまえ」

それから二人で白いルーズリーフを正方形にして折り紙をはじめる。午後の空いた時間はゆったりと流れ、窓から差し込む太陽に部屋の小さな塵《ちり》が光って輝く。

「ゆんは将来どうなりたいとかあるの」

「うん、一応ねー。地元で先生やろうかなと思ってる」

「先生⁉　うへー、大変じゃん教職の単位取るのも」

「そうなのだよ。書道まで受けなくてはならないのだ」

「あ、国語の教員免許なんだ」

「いやー、保母さんになりたいなと思ってたんだけど、この大学じゃ免許取れないし」

オルガンを弾く「ゆん」の姿を想像した。長崎生まれの色白の「ゆん」が子どもたちにオルガンを弾いているのは、なんか似合っていた。保母になりたいが保母になる免許を取れる大学ではなく、都内の私立を選んだあたりに、教育熱心な親の見栄や、それに従わざるを得ないことを重々わきまえている子のジレンマがみてとれる。

「きみはどうなんだい」

「俺は、そうだな、毎日ゴロゴロしたい」

「それは仕事とは言わないぞ」

そんな会話をしながら「ゆん」の作った折り鶴は、形の整った白い鶴であった。ルーズリーフの罫《けい》線が入った鶴は、純白の鶴よりも実在感があってそのまま羽を広げてCGでよく見るような動きで飛び立ちそうだった。イメージのなかにずっとある鶴。

「ゆん」は、その後なぜか心理学専修という専門に進んだ。国語の教員免許はどうするんだろう。そんな話をしたのかどうかも記憶が定かではない。教員免許は取得するのにハードルが高すぎて、途中で諦《あきら》める者が後を絶たなかった。

それほどお互いの将来についても真剣に考えていなかった。介入しすぎない居心地の良さを保ったのかもしれない。

その後距離が離れるでもなく近づくでもなく、3年になったときに、「ゆん」はやはり「長崎に帰りたい」と言っていた。東京は合わないことはわかった、あたしみたいのは田舎がいい。そうか、それがわかっただけでも東京に来た意味あったよな。

「ゆん」は卒業して長崎でやはり教員になったような話を聞いた。なんの科目かはわからない。その後私はもう1年、学部に居残ることになり、その後さらに9年間大学院に通うことになる。

当時から年中紫の服に身を包み、周囲の人間に落語を聴けと触れ回っていた私は完全にそのサークル内でも浮きまくっていた。異質な人間で、グループの士気を下げるダメ人間として扱われていた。徹底的にバカにされ続けた。それでも引退まで居残り続けた。本当に辞めて彼らに負けてしまうのが嫌だったからだ。しかし、それ以降同期の人たちの飲み会やらなにやらには一切参加していない。「ゆん」はそんな孤立した私のような人間にも、サークルの真ん中にいる人間にも、分け隔てなく接する不思議な人だった。しかしその社交性のありすぎる感じが、だれにも心を開いていないような、明るい人格を演じているような雰囲気でもあった。

大学院も修了して、30歳くらいになった頃、街でバッタリとそのサークルの同期に遭遇してしまったことがある。私は昔の「知り合い」くらいの薄い関係の人間と、記憶を摺《す》り合わせるような思い出話をするのがなによりも嫌いである。そんなことまでして仲良くなりたくはないし、あいついまどうしているか、という話題に一切興味がないからだ。その、過去と現在の答え合わせをするような下世話さが苦手なのだ。

しかし、相手はペラペラと噂話を止めない。自分もだれかにこういう風に語られているのかと思うとウンザリしてしまう。かといってぶっすり黙り込んでしまうほどの覚悟はない。仕方なく話を聞くしかないのだ。この最初から詰んでいる感じが苦手だ。

「ゆんはどうしてるの」

「あ……そういえばお前聞いてなかったかもな。ゆんは何年か前に自殺した」

まったく予想だにしていなかった答えにうろたえた。何年前かも曖昧《あいまい》な人間に噂話の流れで消費されてしまった「ゆん」の自殺を、私は彼女が亡くなってからだいぶあとに知ることになった。彼女の身の回りの人、親しかった人たち、そういう人たちのずっと後に、私は知ることになった。

自殺の理由も、どういう亡くなり方をしたのかも知らない。ただ「自殺した」という情報だけが、私の頭のなかに入ってくる。それは本当のことなのだろうか。偶然に、私がその日その人とバッタリ会わなかったら、私のなかでは「ゆん」はまだおなじ歳で生き続けていたにちがいないのだ。イメージのなかにずっといた「ゆん」。白いルーズリーフがコンビニなどで売られているのを見るたび、後ろめたいような懐かしいような心持ちになる。

バラバラ

私は1995年に早稲田大学に入学した。大学には誇張ではなく、5メートル置きにタバコの灰皿が置かれていたし、それは屋内でも、カフェテリアでもそうだった。タバコを吸いながら授業をする教員もいた。おおらかな時代だ。

政治色の薄い文学部キャンパスにも学生運動グループがたむろする場所はあって、構内にも無数の立て看板と、そこにはほかでは見ない独特のフォントで過激なポエムが書かれていた。そう、私たちにとってすでにそれはマンション広告のキャッチコピーのように、なにも感じないポエムでしかなかった。

私は文学部のとある先生に騙《だま》されて『早稲田文学』という文芸誌の編集に携わることになるのだが、学生の編集委員は当時二人しかおらず、いま考えると女性の編集長と学生二人でよく毎月文芸誌を発行していたものだと思う。

当時はオンデマンドではなく写植の時代だったので、早稲田の編集室であがった原稿を、自転車に乗って大日本印刷まで届けたり、受け取りにいったりしていた。編集室は文学部から西早稲田に向かう坂の途中にある、コンクリート打ちっぱなしの建物。いまでいうデザイナーズマンションみたいなところだったのだが、なにせ紙とインクの匂いしかせず、パソコンもなくワープロ、そして本と雑誌の山だったので、お洒落《しやれ》な雰囲気は微塵《みじん》もなかった。

　私は編集委員の仕事にも慣れはじめ、サークル活動にもなじめず、落語を聴き、読書をし、編集をするという、だれかの晩年のような生活を送る18歳だった。夜は銀座《ぎんざ》のケーキ屋でアルバイトをし、昼の空き時間はひたすら雀荘《ジャンそう》か寄席にいた。私の大学はキャンパスの外にもあった。

　コミュニケーションをとる大人といえば、親と学校の先生くらいしかいなかった世界から、急にいろんな大人が集まる場所へ行ける自由を手に入れた。私は大人の話が聞きたかった。余所《よそ》行《ゆ》きのことを言わない大人たちのことが親や先生よりも信用できた。

　そんな年の冬。『新世紀エヴァンゲリオン』が話題になりはじめていた時期に、編集部に行くと、「今度の新人賞は60過ぎの人に決まったよ」と大森《おおもり》編集長から聞いた。「すっごく変な人なの。今度ここ来るからお茶出してね」

　その新人賞受賞者が向井《むかい》豊昭《とよあき》さんだった。62歳の新人賞である。編集部にきた向井さんは、物静かで、ループタイにジャケットという上品な人だった。私にも敬語を使い「あなたは平岡《ひらおか》先生の教え子さんですか?」と聞いた。平岡先生というのは、私を騙してこの『早稲田文学』に連れてきた先生である。これは、あとで知ることになるのだが、向井さんは北海道で教員をやっている時代にも同人誌で小説を発表したりしていて、地元ではかなり知られた人物だったらしい。が、あるときクロード・シモンの『三枚つづきの絵』を翻訳し紹介した平岡先生の文章を読み、自分の書く小説の方向が決まったらしい。つまり、平岡先生を追いかけて、この文学賞に応募し、平岡先生に会いに来たのだ。平岡先生は当時66歳、新人賞を受賞した向井さんとそんなに年齢も変わらない。フランスヌーボー・ロマンの紹介者である平岡先生は、小説も書いていた。同世代の人間にここまで情熱を燃やして素直に頭《こうべ》を垂れる向井さんは、非常に実直な人に見えた。

はたしてこういう人はどれだけ立派な小説を書くのだろうか。

受賞作の『BARBARA』（バラバラ）を読んでみてビックリした。いきなり自慰の描写から入るのである。東北方言、地域性、性、差別、マイノリティ。中身は20代の人が書いたのかと思えるほど尖《とが》っている。そして自由である。形式に縛られず、中央を意識していない。中央集権的な文学界のうねりに呑《の》みこまれない気概もあった。ハッキリいって、「変態」である。大森編集長が「変な人」と言ったのもうなずける。

授賞式の宴席では「妻に食わせてもらっています」と平然と言ってのけ、目標としては「あと50年、早稲田文学に小説を書きます」と宣言した。芥川《あくたがわ》賞なども視野に入れて他の文芸誌の新人賞にも応募するのが通例だが、向井さんはそんなことを一切せず、発表の場を早稲田文学に絞ると覚悟を決めたのだった。誠にパンクすぎる62歳である。

翌年には『下北《しもきた》半島における青年期の社会化過程に関する研究』が朝日新聞の文芸時評（評者：蓮實《はすみ》重彦《しげひこ》）で紹介され、翌97年には全編下北弁の『まむし半島のピジン語』（評者：池澤《いけざわ》夏樹《なつき》）が取り上げられた。

作家の評価は若いうちにしたほうがよいのだろうか。結論から言えば、否である。作家の稼働期間は作品の質や量に比例しない。漱石《そうせき》は38歳でデビューして稼働期間は12年だった。デビューが遅くても大輪の花を咲かせる作家はたくさんいるし、若くして評価されて寡作になってしまったり成長が止まってしまう人もいるという。ここが、スポーツとちがうところだ。

向井さんは62歳の新人賞受賞後もコンスタントに作品を発表し続けた。そして発表はすべてゲリラ的に展開された。詩人でもあった自身の祖父と邂逅《かいこう》する祖父三部作『ええじゃないか』『武蔵国豊島郡練馬城パノラマ大写真』『あゝうつくしや』をはじめ、それ以降の作品は『早稲田文学』や地方の文芸誌や同人誌にも発表した。中央集権的な文学の世界に抗《あらが》い続け、柄谷行人《からたにこうじん》にすら牙《きば》をむいた。そしてこの作家は、多くの人に知られるあり方ではなく、追いかける人だけが追いかけられる存在となった。

向井さんは２００８年に亡くなった。追いにくくなった作品は、２０１９年のはじめに没後10年ということで『骨踊《こつおど》り　向井豊昭小説集』として出版された。13年ほどの稼働期間であっただろうか、それでも決して寡作ではなかった。精力的に書き続けた。書くこと自体が生きることだった。

でも、私のなかの向井さんは、あの95年の冬、西早稲田の編集部を訪れたときの、すでに物静かなおじいちゃん然としていた向井さんで止まっている。紙とインクの匂い、そして向井さんの加齢臭。コーヒーを淹《い》れると「おいしいです」と丁寧な感想までくれた向井さん。人生ではじめて会った小説家であった。

2019年3月、朝日新聞の書評委員の最後の仕事として、向井さんの作品集を書評した。世間に向井さんの存在を知らしめたのは朝日新聞だった。そしてそこに、24年経ってあの頃老作家にコーヒーを淹れた男が書評を書くことになった。因縁めいたものを感じた。

平岡先生も亡くなり、その後早稲田のフランス文学をひきついだ江中《えなか》先生も亡くなった。みんな亡くなった。大学からも灰皿は消え、変なフォントの看板もなくなった。『BARABARA』という小説のタイトルも、写植を転がして文字自体がバラバラだったのに、いまやそれすら打ちこむことができない。あの頃のことはもうだれも語らないし、どこにも書かれていない。

# 幕を上げる背中

私と相方の居島《おりしま》は、大学で仲間うちで漫才をやるのにすっかり退屈していて、どこか自分たちを知らない人たちの前でネタをやってみたい衝動にかられていた。かといって、いくあてもなく、お笑いの世界がどういう仕組みで成り立っているのかも、どうすれば漫才をやる場所を確保できるのかも、まったくわからなかった。

浅草キッドが昔から大好きで、ちょうど出向いた落語会で、浅草キッドが主催するライブが立ち上げられていたことを知った。独特のイラストと、イラストのような文字で書かれたそのチラシには、そのライブで若手の芸人のネタみせをやっていると書かれていた。

浅草キッドがネタを見てくれるなら、ライブに出られなくても行ってみたい。プロになろうなどとは思っていない状態で、興味本位でそのネタみせに出向いた私たちは、お笑いをなめきっていたと言われても仕方がない。が、とにかく自分たちの力がどれほどのものかを知りたかったのだ。

当時はお笑いのスクールに通って芸人を志すというのがまだスタンダードではなかったように思う。「ネタみせ」というのがどういうものかを知らなかった私たちは、会場に出向いてはじめて、お笑いの世界で一山あててやろうという本気の人たちに出会うことになる。ある者は所属していたプロダクションに未来を見いだせず退路を断って参加していた。またある者は30歳を目前にして最後のチャンスとしてこの場所に賭《か》けていた。全員フリー。まだ何者でもない人間の集まりであった。

このライブは「浅草お兄さん会」というライブで、集まっていた若手たちはまだ世間のだれも知らない、マキタスポーツ、プチ鹿島《かしま》、阿曽山大噴火《あそさんだいふんか》、三平《みひらさんぺい》×2、国井《くにい》咲《さく》也《や》、U字《ゆーじ》工事《こうじ》、東京ダイナマイトといった面々で、新宿シアターモリエール、新宿シアターサンモールといった場所で、毎月のようにヒリヒリとした戦いを繰り広げていた。いま、ああいうライブはあるのだろうか。ここで私たちは幸運にも出演の機会を与えられた。現在まで続く活動の原点だ。

ところで、このライブにはもうひとつ募集があった。

ライブのスタッフ、通称「浅草お姉さん会」のメンバー募集である。実際に存在する「浅草おかみさん会」のパロディだ。それぞれがまた夢を持ったり、なにかが生まれる場所に関わりたいという想いから、そこに集っていたように思う。男に生まれていたら芸人やりたかったとか、浅草キッドをとにかく応援したくてという人もいた。中川京子《なかがわきょうこ》さんもそんなお姉さん会のメンバーだった。事務所のスタッフだけでは足りなかったので、ボランタリーな形で客席誘導や舞台ワーク、案内係やアンケート回収までこの女性スタッフたちがやってくれた。鶴川《つるかわ》さん、木本《きもと》さん、伊藤《いとう》さん、中川さん、いまでも思い出せる、そんなライブを支えるスタッフとともに、このある意味で「伝説」になっているライブは運営されていた。

「浅草お兄さん会」が終わったあとも、フリーだった私たちのライブを、彼女たちは支えてくれた。私たちも彼女たちにお願いするのが自然のことのように思えたが、いまから考えると大変な面倒をおかけしたと思う。人によっては仕事をしながら、あるいは人によっては自分の夢を追いながら、時間を工面して苦労を背負ってくれた。

なぜ、そこまで支えてくれていたのか。

浅草キッドという名のもとに集まった私たちは、どこかで奇妙な連帯意識を持っていた。大手プロダクションからは、まるでコンビニに陳列される商品のごとく売れ線の芸人が供給され、女子高生などからのアイドル的な人気に支えられた芸人たちが活躍している一方で、男たちをも熱狂させるお笑いというものが、いまこの第三極にあると、本気で考えていた人たち。それは芸人もスタッフもおなじだったように思う。芸人とスタッフの色恋沙汰《ざた》もあったのだろうか。なかったかもしれないしあったかもしれない。しかし私はそういうことには興味はなく、ひたすら仲間であり同志だと思って彼女たちを頼っていた。

ウケなかったときもその芸人のどこがよいかをさりげなく諭してくれ、ウケたときは母親のように喜んでくれたお姉さん会の面々。私たちのライブの運営の方法があっていようがまちがっていようが、もうこの「縁」で繋《つな》がっているスタッフは、どこまでも支えてくれたのだった。

中川さんはその後、私たちも含めた何組かの漫才コンビが主催していた「漫才バカ一代」というライブもずっと手伝ってくれていた。年齢も、ちょうど私たちと同世代。70年代生まれだったと記憶している。かわいいといえばかわいいし、かわいくないといえばかわいくない。ショートカットで、いつもTシャツにジーパン。決してオシャレではなかったけれど、打ち上げではいつもビールを飲んで顔を真っ赤にしていて、呂律《ろれつ》がまわらなくなる。

そして、私はそれ以上中川さんについて詳しいことを知らない。

どこか、ライブという戦場をともに戦った同志に、私事で立ち入らないほうがいいというような感覚が私にはあった。ライブというのは自分たちで育てていくもの。当日までと、当日、だれがどこまで関われるのか。無理のない範囲で関わって、いまできる最上のものを提供する。それに尽きる。それ以上立ち入ると、仲良くなりすぎて馴《な》れ合いになる。私はそれがいやだ。お互いなにを考えているかは、あまり知らないほうがいいと考えていた。感情移入してしまうし、なにかをお願いしたくてもできなくなってしまう。

そんな意識が中川さんにもあったかもしれない。中川さんはなにも言わなくても手伝いとあればいつもお釣りの用意や招待席の段取り、お客さんの入場の誘導やチラシの挟み込みなど、すべてをこなしてくれていた。劇場のキャパシティに合わせて都度その仕事の調整をしてくれる。こうして私たちは現場を任せてライブの中身に集中することができる。これ以上の責任を負うことはできないということもちゃんと言ってくれていた。スタッフにはこれができない人が多い。「できます」はみんな言えるが「できません」がどうしても言えないのだ。でも中川さんはそれができる。そこがまた頼もしい。

中川さんがいる空間は、偉そうでも卑屈でもなく、ただ当たり前のように仲間を支える空気と、だれかを楽しませることに関わる優しい矜持《きょうじ》に満ちていた。

「漫才バカ一代」は、U字工事がM－1に出て以降、ほかのメンバーもそれぞれの活動の場所を確保し、仕事が忙しくなり、その役割を全うしつつあった。

そうして中川さんと会う機会も、連絡する機会も、少しずつ減っていった。

中川さんのその後のことは、それでもライブで一緒になるメンバーから耳にしていた。

とある放送局で掃除のおばさんとして働いている、とか、ちょっと病気になって最近は少し休んでいるらしい、とか。そういえば、久しぶりに顔を合わせたときは、少しやせたように思ったけれど。中川さんはだいたい笑顔で「なんでもない」と応《こた》える人だった。大変だったときは「ちょっと大変だった」と正直に言う人だし。

中川さんの実家は北海道、札幌《さっぽろ》である。札幌に帰っているみたいだということも、知っていた。

それでも、私は自分から連絡するキッカケもなく、どこかで会ったときにここ最近どうだったのか、聞くことを楽しみにしていた。立ち入りたくはないけれど、もう付き合いも長い。それくらいはいいだろう。

２０１７年６月、札幌に行く機会があった。もし中川さんが札幌にいるのなら、ライブに来てもらおうと連絡をしようと思ったのだ。ところが、札幌に着いたちょうどそのタイミングで、一通のメールが届いた。

「今朝、中川さんが亡くなりました。平塚《ひらつか》で闘病していたそうです。」

初夏の札幌、東京に比べて冷房が効いているように涼しいその場所で、私はこの報を受けた。

もうだいぶ前に、病気は治っていたように思っていた。中川さんからも連絡はなかった。重篤の知らせもなかった。彼女はひとり、なんの縁もない土地で、最後の望みをかけて闘病していた。

私はしばらく固まってしまっていた。ほどなくして、ともに戦ったあの日々がフラッシュバックした。

私が中川さんを思い出すとき、中川さんは常に背中をこちらに向けている。

まもなく開場という劇場のロビーで、これからお客さんを迎え入れるという状態で堂々と受付に座る中川さんである。私はその姿を、リハーサルの終わった劇場の扉を閉めながら眺める。

まもなく幕が上がる。

涙が流れない私は冷徹なのだろうか。
私にはなにかがもっとできたかもしれないし、なにもできなかったかもしれない。
この後ろめたい気持ちはなんだ。

今日もどこかで、ベタベタとした人間関係に流れることなく、だれかを支え、なにかを作り、人を楽しませる「裏方」と呼ばれている人たちがいる。しかし、ともにお客さんを迎え入れ、幕を上げるのはおなじだ。
私たちは中川さんとともに、まだ何回も幕を上げる。

# スエコおばさん

スエコ、という名前は変わった名前だなと子どもの頃は思っていたけれど、いまになってみれば、末っ子でもうこれ以上子どもは産みません、という宣言にも取れる。時代を感じる名前で、ほかにステ子とか、トメという名前があったことを考えると、寿栄子でスエコと読ませるのはだいぶ品がある。

スエコおばさん、と何度も言っていると「すえこばさん」になる。明るい性格で面倒見のよいおばさんは、親戚《しんせき》中から「すえこばさん」「すえこばさん」と呼ばれていた。

おじさんとおばさんは、私の家の近くに住んでいた。子どもも二人、つまり私から見たいとこが二人いることになる。長男に長女、二人ともやはり明るくて、絵に描いたような幸福な家族だった。しかし、その二人が成人して社会人になったあたりから様子がおかしくなる。スエコおばさんが病気になったのだ。乳癌だ。

私は盆や正月になると、この家に行ってよくスエコおばさんの作った料理を食べた。おばさんは本当に料理上手で、基本的には家にいる専業主婦であり、でも私が知っている専業主婦の人たちのように、下品でもなかったし口も悪くなかった。常に優しかった。

私はよく、おばさんに甘えては、この家の子になりたいと言っていた。するとおばさんは、「うちくる?」と笑いながら返事をしてくれたものだった。こうして私は、祖父母や親戚の人たちに見守られて育った。おかげでさみしい想いをしたことがない。むしろひとりにしてほしいと思う人間になっていったのだった。

スエコおばさんが病気になったという話は、すぐに私の家にも伝わってきた。ではお見舞いに行こうとなったときには、すでにお見舞いは来なくていい、という返事が先方からきた。

おじさん、水くさいじゃないか。衰えた妻の姿を家族以外に見せたくないのか。あるいは、家族以外の人が見舞いにくると大事《おおごと》だと妻に気取られるからなのか。気を遣わせたくないのか。会わせない理由はたくさんある。でも、そういうことじゃないんじゃないのか。人が衰えていく、回復するかどうかはわからない。でも、その過程を見せなければ、残された人たちは混乱をする。死ぬってことは、生きている人たちのためにある現象だ。

おばさんは遂《つい》に亡くなった。私がまだ20代の頃だった。

葬式のあと、親戚が揃って食事をする。そのとき、酒好きのおじさんはしこたま酔っていた。このおじさんというのは、私の父の弟で、満州《まんしゅう》で生まれて堅い家に育った人だ。しかし、保守的なところはあまりなくて、愛情の深い学究肌の人だ。このおじさんが、スエコおばさんの存在に、常に感謝し、愛情を注いでいたことは、私のような子どもらの世代でもよく理解できた。そう、おじさんはおばさんのことを愛していた。おそらく、一般的な夫婦以上に。

酔っぱらったおじさんは、その席で「あれは、おじさんが、スエコと遊んだときのことだったんだ。遊んだってのは、もうわかるよね、その、夜の営み。そのときに、胸に硬いものができてるような気がして、それで病院に行ったんだ」。なぜこうなったのか、経緯を語り出した。〈あれ、スエコ、これ〉〈なにあなた?〉って話をして、話し出したら止まらない。そして自然と話しながら泣いているのだ。おじさん、だれにも話せなかったんだ。

けれども、ふいにそういうことを語り出された以上は、おじさんとおばさんの間にそういう行為があったということを想像しないわけにはいかなかった。会話まで再現されたのでは生々しいことこの上ない。

おじさん、そこまで言うのなら、なんで見舞いのひとつもさせてくれなかったの。なんで感謝のひとつも言わせてくれなかったんだよ。あなたの奥さんは、偉大な人間だったよ。慈悲深かった。そして夫を尊敬していた。

スエコおばさんの握ったおにぎりは、いつも海苔《のり》がパリパリでご飯を挟んでいる状態で出てくる。最後に、食べる人が一握りして完成する、とても楽しいおにぎりだった。スエコおばさんとやる七ならべは、いつも人のいいおばさんがみんながカードを出しやすくしているのがわかってつまらなかった。スエコおばさんの髪の毛はいつもブローされていて崩れなかった。スエコおばさんはいまも元気なままの姿で脳裏に焼き付いているので、亡くなったように思えない。

これは、良いことなんだろうか。

# 黒い店

「古本業界は隙だらけですよ。本が売れなくなったって言っているけど、うちは売り上げあがってますからねえ。十年一日のごとくおんなじことやってて本が売れないなんて言っている連中がいる限り、うちはまだ続けられるんです。だから感謝しないといけませんな、ハッハッハ」

ご主人はパイプの愛好者であった。

パイプにタバコをつめながら、いまの古本業界でまだだれもやっていないことはなにか、ずっと語り続けて、吸いはじめると自慢話とも苦労話ともつかぬ話が続く。

私がその古本屋「上野文庫」でアルバイトをはじめたのは、大学3年になった1990年代後半。店は御徒町《おかちまち》から歩いて数分、地下鉄の上野広小路《ひろこうじ》駅からはすぐの、どら焼きで有名な「うさぎや」の隣にあった。ここは古くは「黒門町《くろもんちょう》」と呼ばれ、地名の名残は「黒門小学校」に残るのみ。名人とうたわれた落語家の八代目桂文楽が住んでいたことから黒門町の師匠と呼ばれたが、上野近辺は東京大空襲で一度更地になっているので、道路が広く天も高い。

東京、といっても、歩きタバコしているおじさんがいたり、寝間着みたいな恰好《かっこう》でコンビニをウロウロしているおばさんがいたり、どこか空気が弛緩《しかん》している東東京のなかにあって、なぜか神保町《じんぼうちょう》ではなく御徒町に店を構えたこのご主人は、名前を中川《なかがわ》道弘《みちひろ》といった。中川のご主人は兵庫の出身で、ジュンク堂やLIBROといった新刊本屋の店長を務める傍ら、趣味の古本集めがこうじて、新刊本屋の東京進出を終えたあとに脱サラして古本屋に転職したのであった。

生き馬の目を抜く新刊本屋で頭角を現したこの人物は、御徒町にある古美術商の主人と出会い、嫁ぐあてのなかったその娘と、入り婿という形で婚姻関係をもった。形ばかりは夫婦という関係ではあったが、実情としては後見人にちかい。古美術商が亡くなったあとに経営能力のない娘にかわり、婿として土地と建物を引き継いで古本屋を開業した。私は大学生だったが、心のどこかにロマンチストな乙女がいたので、徹底的にリアリストな大人に触れ新鮮だった。

「古本には、白い本と黒い本というのがあるんです。白い本とは真面目な本で、神保町に行けば探せる本なの。でも黒い本というのは、私なんかでも一生に一度出会えるかどうか、そういった珍しい本ね。図版やデータが載ってて、明治や大正に出版されたもの。カフェー関連や講談、落語の速記、鉱石ラジオ。うちはそういう黒い本しか置かないの。時代はスキマ産業に傾くんですよ、これから！」

ご主人の声は高くて大きい。自信家を絵に描いたようだが、不思議と嫌みがない。ランチはいつも上野の鈴本演芸場の裏にある焼肉屋だった。信じられないほどうまい焼肉に若い私は毎度驚くのだが、そんなものは当たり前だと言わんばかりに手慣れた感じで焼肉を食べる中川のご主人は、ひたすらしゃべりながら肉を焼いた。とにかく肉をよく食べる人で、50代とは思えないパワフルさだ。

このご主人は当時国内でも数少ない「セドリ」をする古本屋だった。近場の古本市だけではなく、新聞の死亡記事で著名人が亡くなると「週末ここの遺族が、蔵書の価値がわからないから、文字通り蔵にある本を全部市に出す。おそらくそこにここで売れる本が出る」といって地方の古本市にまで出向き、出会ったことのない一冊だけのために出張する。空振りに終わる日もあるのだが、それでも宝と出会えるその瞬間が好きで古本をやっているのだ。そのほかに週末あの地方でなんか変な本が出るらしいとか、久しぶりにあの地方に行ってくるとか、まだネットも普及していない時代にご主人の情報ネットワークは尋常ではなかった。

本来であればこんな効率の悪いことは多くの古本屋はしないのだが、このジャンルは強い、と知られている古本屋ならばできる。この一冊のためならば、いくら出しても惜しくない、という顧客をこのご主人は多く抱えていた。

「本を見た瞬間に、買うお客さんの顔がイメージできないものは、落としません」

　これもご主人がよく言っていたことだった。

　その道を究めたお客さんたちが、最後の望みをかけて「上野文庫」にやってくる。長いコレクター人生で一度も見たことがない、存在は活字でしか知らなかったという本も、見つけてしまう古本屋。当然、おなじ本でもほかの店よりも高い値段がつくのだが、それでもコレクターたちはこの古本屋に押しかける。どの棚の本も、おなじ場所に二週間はいない。必ず買い手がつき、棚は常にそんなご主人の眼鏡にかなった超一級の本たちがひしめきあっている状態だった。本棚から彼らの声が聞こえてくるようだった。いまにも一冊ずつが自分で動き出しそうな、元気な棚なのだ。

　こういう本屋になると、コレクターたちがご主人に情報をもってくる。こういった本があるとか、こういうコレクターがいるとか、こういうイベントがあるなど。自然に中川のご主人が「まとめサイト」化していくのだった。

　棚ごとにコンセプトがあるこの黒い本専門の古本屋で私が働くことになったのは、

なかでもひときわ輝いていた「速記本」の棚があったからだ。そこには落語の速記本が山ほどあった。ほとんどの人が、生涯で一度も手に取らない明治生まれの速記本。四代目橘家圓喬《えんきょう》や初代三遊亭圓遊《えんゆう》など、大名人と言われた人たちの口調を伝える唯一の手がかりであり、現在の落語の原型がどのようなものだったのかを知る数少ない資料だ。大学の落語研究会の先輩に、この古本屋に通い詰めた猛者《もさ》がいた。買うお金はないが、どうしても知りたいというので毎日通い詰めて立ち読みをしていたら、ここでアルバイトをしないかと誘われたそうで、ちょうど私はその先輩の後を継ぐ形でアルバイトに入ることになった。

古本屋のアルバイトというと、ただ漫然とレジに座っているだけという呑気《のんき》なイメージを持つ人が多いかもしれないが、実情は正反対の肉体労働である。古本屋には、客の目に触れる棚と同程度か、あるいはその倍ほどもある「書庫」がある。売れたら補充する分とか、これから補修してから売りに出すという、棚に並ぶ前の古本の貯蔵庫だ。売れた本が一冊あると、ここのストックから補充する。

週末の地方や、平日の古書協会の古本市で落札した（入札制なのである）本の束を、この書庫まで運び、整理をし、棚に出せるまで美しくし、値札をつける。不要な本をまたまとめて売りに出す。とにかく本を運ぶのが仕事のメインで、この作業が永遠に終わらない。

たとえば宝塚は、時代を経ても人気の絶えないジャンルであるが、上野文庫も「宝塚」の棚があった。「歌劇」などの雑誌は創刊号から揃いで常備しているのでストックも大量にあるのだが、この「歌劇」がカラーで重い紙をつかっており、一年分だけでも持ち上げるのに一苦労だ。これを何年分も永遠に束にしつづけ、棚に置いていく。こういったことをほとんどすべての棚でずっと行っているのだ。当然、こういう努力をせずに、市場で仕入れた本の束をそのまま店の棚に入れてただ売れるのを待っている古本屋もなかにはある。言ってみれば自由度の高いベンチャーなのである。店のコンセプトも、仕入れ方も、値段のつけ方も、すべては店長の裁量にかかっている。

ここには、土地柄か変わった売り手もいた。ホームレスが本を売りに来るのである。しかし、ただのホームレスではなく、高く売れる本を見極める眼力があるホームレスなのだ。毎週の古紙回収の日の早朝に、都内のゴミ置き場をあさって、値段のつく本を探し出しては、それをもっとも高く売れる古書店に持ち込む。資本金がなく生活できる特殊技能である。こうして生活をしている人もいるのだから、この世界はたまらない。

「君は床に置いてある本も決して踏まないね。えらい。褒めてやる」

山のように積まれ、所せましと置かれている本を、私はまたぐことが憚《はばか》られて、飛び石を跳ぶように移動していた。そんな姿を、一回だけご主人が褒めてくれた。値段の偵察にきては、あとでやり方をさんざん非難する書店もあったが、一方で素直に感服しまるで立川談志のような古本界のカリスマだったが、当然敵も多かった。値段の偵察にきては、あとでやり方をさんざん非難する書店もあったが、一方で素直に感服し教えを乞《こ》いにくる仲間もいた。

ここには人間たちが蓄積してきた「情報」が集まっていた。

「私も早稲田の仏文科を出たんですよ。平岡さん、知ってますよ、君は教え子ですか、はははは」

共通の師がいることがわかり、近づきがたさと親近感の両方を覚えはじめていた。

「さっきそこのレコード屋で藤圭子《ふじけいこ》の娘がデビューするってんで歌ってましたよ。うまかったですねえ！」

ご主人のアンテナは幅広かった。だれも持っていないような落語のテープやレコードも持っており、そうかと思うと韓国の「ポンチャック」というジャンルの歌や河内《かわち》音頭を聴いている。パイプをくゆらせながら蘊蓄《うんちく》を披露する。私はディープな世界のことをなにも知らないのでいつも聞き手である。

松坂大輔《まつざかだいすけ》が延長17回を投げた日も、決勝でノーヒットノーランを達成した日も、私は黒門町で、ラジオでその様子を聴いていた。ちょうどその頃は、八代目桂文楽の全集の編集にも携わっていた頃だったので、私のなかでは黒門町はもはや第二の故郷くらいになっていた。

1998年、高校野球では横浜《よこはま》高校が優勝し、プロ野球では横浜ベイスターズが38年ぶりのリーグ優勝を達成し日本一になるという天変地異が起き、その横浜がドラフトで松坂をひき損ねた頃、私は古本屋で働きながら卒論を書き、バイトが終わると夜は新宿あたりでたまに漫才もしていた。

私は目録の作り方から、良い本の選び方、本屋ごとの入札の癖などの手ほどきをうけ、また本の補修の方法なども教わった。毎日が発見の連続である。

こうして数年が過ぎた。

「私は癌になりました。死ぬ前に処分をするので手伝ってください」

ある日、ご主人は笑顔でこういった。

悲しむでも嘆くでもなく、サラッと自然にこういった。

数ヶ月後、ご主人は灰になった。奥さんは夫が亡くなったことをどれほど理解しているのかわからなかった。葬式には古本屋仲間が何人か来たほかは、ほとんど来なかった。

在庫は愛人がもっていって売り物にした。ご主人には子どもも親もいない。

その後、上野文庫があった場所は、小洒落《こじゃれ》たワイン屋になり、さらにそこもなくなって新しい店ができたようだ。上野鈴本演芸場にいくたびに、この場所に積もる記憶の地層に埋まる。

# ツインの老人

私が大学院生の頃アルバイトをしていた中野《なかの》のホテルは、まだ再開発前の、中央線のそんなに大きくない街のそんなに大きくないビジネスホテル、といった佇《たたず》まいで、とはいえ値段もそんなに安くなく、おなじ値段ならもう少し大きな街のもう少しいいホテルに泊まれるくらいのものだった。だからそんなホテルに泊まる客は、もうボロ雑巾《ぞうきん》のように働き続けてクタクタになって移動を最小限に抑えたいサラリーマンや、飲みすぎて移動もできない人、ラブホテルがわりにダブルの部屋に泊まる熟年カップルなど、どこか、寂しげで後ろ暗くて疲れた人たちばかりだった。あるいは、絶対に満室にならないからいつでも泊まれる穴場として利用していた常連もいたかもしれない。でも、そんな人たちもどこか疲れた感じだったのだ。

客室の内装もいたって質素で、サービスも働いていた身で言うのもなんだがそれほど良くはない。狭い部屋にベッドとテレビ、机、あとはユニットバスくらいのもので、ルームサービスもなにもない。

しかし、私はこのホテルの建物から部屋の隅々にいたるまでの場末感、くるところまできちまったなという感じが、どこか気に入っていてたまらなく愛《いと》おしい場所だと思っていた。だれも構わない、放っておいてもらえるブタ小屋、みたいな感じだ。ここにいれば、特別なだれかになる必要はないし、大勢のなかにいる無個性で名もないだれか、ワンオブゼムになれるのだ。

外観もキレイな建物というわけでもなく、ひたすら古いつくり。ただ駅から近い、ということだけが取り得で、それでも家に帰れないほど遅い時間まで働いているサラリーマンたちには使い勝手がいいのか、満室にはならないけれど8割は埋まるという状態で、なんとかそのホテルは命脈を保っていた。

夜勤のフロントのアルバイトは大学生たちで、漫才をしながら研究生活をしていた私は完全な異分子であった。アルバイトの学生たちとはなにを話したところでなんら発見はなく、知らない知識を得られるでもなく、芸人に囲まれている時間のほうがよほど自分を高みに連れていってもらっているような気がした。とはいえ彼らは彼らなりに思うことがあって大学に通っており、身構えるほどは年も離れていなかったので、二人だけの勤務になる夜勤ではよい話し相手だった。そういうわけで、働いている私のほうも、淡々と業務をこなし、当たり障りのない会話と代わり映えのしない日々を過ごすことで、ワンオブゼムの動物になり頭を使わずに生きていた。その時間がとても貴重だった。変わった客もたくさんいたが、それも日常になると次第になにも感じなくなっていった。異分子もノーマルも、みんなワンオブゼムのなかの微妙な差異でしかない。その心地よさたるやない。

ところでそのホテルには、住人がいた。

私がアルバイトをはじめた頃には、すでに2階のツインの部屋に「住んでいる」老人がいたのだ。ひとりなのに、なぜかツインに常泊している。文字通り「住んでいる」。私がそこでアルバイトをしはじめた頃にはすでに「ヌシ」になっており、何年も泊まっている人物だった。

その老人は、そんなに足腰がしっかりしているわけでもなく、だれかが面倒を見なくてはいけない、というほどでもなく、食事は近場にある吉野家《よしのや》がお気に入り。たまにコンビニで買い物をしてくるが、いずれにしても外に出るときはよく杖《つえ》をついてヨボヨボと歩く姿を見かけた。

ここでは仮にOさんとしておこう。Oさんの部屋にはルールが設けられており、それは三日に一度、部屋の掃除を定期的にし、二週間に一度、ツインの別の部屋に移動して「部屋替え」をするというものだった。それは、部屋に特定の人の「匂い」がつかなくするためだったという。そしてOさんは、部屋の宿泊料は毎月決まった日にしっかりと振り込む。そんなに安くない宿泊料の1ヶ月分だ。サラリーマンの月収以上の額である。それを何年も、もうその老人は払い続けていた。年金ではとても払える額ではない。いったい何の職業をしている人なのか、それもまるでわからない。とにかく私たちは、Oさんの名前以外、年齢も元の職業も家族構成も、まるで知らないで何年も過ごしていた。

O老人は、なにか用事があると、フロントに電話をしてきて、短い言葉でボソボソと注文する。それも朝だったり昼間だったり深夜だったり、時間はバラバラで、いつ寝て、いつ起きているのかもわからない。

一回、同僚がO老人と電話でのやりとりをしたことで、Oさんはどうやら気が短い人らしい、ということがわかって、それからはあの人はきっと昔、暴力に自信のある人たちの団体に属していたのだろう、という憶測までバイト仲間の間では密《ひそ》かにささやかれていた。それもあくまで憶測で証拠はどこにもない。単に年老いて我慢がきかなくなっていただけかもしれない。確かに怖い顔をしていたが、それにしてもその筋の部下らしき人は一度も来なかったし、兄弟らしき人も来なかった。

このホテルには、身寄りのない老人がよく放り込まれていた。家族は同居したくない。病院のベッドは埋まっていて、面倒を見きれない。ボケかけてはいるが、命に別状はない。すぐには次の病院が見つからない。そんな老人が、家族にひとまずこのホテルに、と放り込まれる。国や家族のために戦争まで経験した世代が、最終的に知っている人も、守った家族もだれもいない場末のビジネスホテルで、一日中テレビを見て、カップラーメンやコンビニ弁当で過ごす。

ツインの老人も、そんな老人たちのひとりなのかと思ったこともあったが、アルバイトをはじめて2年が経っても彼には新たな病院に移るような気配はなかったし、そもそも2年間の宿泊料を払う金があるのであれば、さすがにお世話になる施設やホテルも別にあっただろう。ますます謎は深まっていた。ツインの老人について、ホテルのだれもが関心を持ちながら、ひとりとして話題にしないようになっていた。ただ、新人が入ってくるたびに、「ここのツインのOさんは」と、私が書いたようなあらましを説明するだけであった。

ツインの老人には、ただひとり、「娘」と名乗る人がおり、その人が一週間に一度、着替えを持って彼の部屋を訪れていた。娘、にしてはちょっと若い感じのする人で、顔もあまり似ていない。が、夜の相手をするような色気もまったくない人物で、それでいて娘のような親しい距離も感じさせない。本当に「娘」なのだろうか。

「娘」はちゃんと、週に一度、まるで仕事でもこなすかのように着替えを持ってきては、数時間いてどこかへ帰る。泊まりはしない。しかし一緒に住むような関係ではないらしい。どこか都内の部屋を借り入れるには、充分すぎるほどのお金を持っていながら、それでも彼はひとりでビジネスホテルに住んでいた。

あるときは、その老人は住民票さえそのホテルに移そうとしていて、社員がなんとかそれを阻止しようとひと悶着《もんちゃく》あったほどである。

私がアルバイトをはじめて2年くらい経ったときであろうか。深夜に電話が鳴った。取ると「ツインの老人」である。

たまにフロントに電話してくると話には聞いたことがあったが、私はそのときはじめて、その老人としゃべった。

「タクシーを呼んでくれ」

「はい。どちらかにお出かけですか？」

「鹿児島に帰る」

「はい？　この時間ですと電車も飛行機も出ておりませんよ？」

「そう？　……じゃあ、タクシー呼んでくれ」

「はい、構いませんが、どちらまで行かれますか？」

「東京駅」

「はい。繰り返しになり失礼ですが、この時間ですと、東京駅に行っても電車は出ていないと思いますが、それでも良いですか……？」

「うー」

プツッと電話は途切れた。


また5分くらいして電話が鳴る。取るとO老人である。

「あのー、鹿児島に帰りたい」

「はい。ただいま深夜ですので、ちょっと難しいと思います」

「タクシーを呼んでくれ」

「はい、構いませんが、どちらまで行かれます？」

「東京駅」

「はい。この時間ですと、東京駅からも電車は出ておりませんが、大丈夫でしょうか？」

「ううーー」

また電話が切れる。

また5分くらいすると電話が鳴り、おなじことの繰り返しである。

4回くらいこのやりとりをしたことと思う。

しかし最後のやりとりは、

「タクシーを呼んでくれ」

「はい、失礼ですけど、先ほども申しました通り、できましたら明日の朝か昼間にご用意いたしますよ、いますぐには行けない場所ですよ」

「うー、もう一度その、ダメか」

プツッと電話が切れた。もう一度？　それでこの夜のやりとりは終わった。

どうやら老人の故郷は鹿児島で、このホテルにはいたくないらしいということが直感できた。

そして、いよいよだな、ということがなんとなく感じられた。

朝の引き継ぎで、ことの次第を社員に告げ、私はホテルを後にした。

しかしその後、ツインの老人は鹿児島には行っていないし、行きたいといった電話はなかったようである。

それから3ヶ月ほどして、老人は病院に運ばれ、その翌日亡くなった。

そのビジネスホテルもいまはもうない。でも、まだ気になっている。ツインの老人は、最後になにを「もう一度」願ったのだろうか。

月曜15時

石井《いしい》さんは私のアルバイト先の社員さんで、ロマンスグレーのおじさんだ。

20代の大学院生時代に、中野で夜勤のビジネスホテルのフロントをしていた。仮眠室の二段ベッドがやけに寝心地がよく、夜勤明けで日中の予定がなにもない日は翌日の夜勤が来るまで寝ていたり、近くの雀荘《ジャンそう》に麻雀《マージャン》をしにいき連勤することもあったほどだ。大学院生という、なんとなく存在は知られていながらまったく生態のわからない生き物となって、私は実家に居場所をなくしていた。くわえて芸人活動をしていたので、まわりに理解者はおらず、かといってこちらのほうに理解を求めようという気持ちもまったくなく（というか私自身よく理解できていなかった）、生活は苦しいながらもなぜか20代で焦りがなく、取り立ててやりたいこともなく、一念発起して一人暮らしなどしようという気すらまったくない時期だった。実家が便利なところにあるとこういうモンスターを生んでしまう。で、日々の生活はただ目の前のことをこなすことで精一杯、という心構えではあったがそれは自分への言い訳で、ほかのことが面倒くさくてやる気もなく、無頼を気取るほどハングリーでもなく、将来への漠然とした不安を抱えながらもただ時間が過ぎるのを待つだけの生き方をしていた。目先の生活は、楽しいといえば楽しくて、ただ無責任に、考えなければいけないことは先送りにして、同世代が不況の波に飲み込まれ文学部卒でコンピューターSEの正社員、手取り13万で残業のない日はないという状況で、死に物狂いで働いていたであろうその頃も、私はただ時間を売って生きていた。どっちにいても地獄なのだ。それはいまでも変わらないといえば変わらない。関心事が牛丼太郎の納豆丼がいつまで食べられるかということから、現在はその街にある蕎麦《そば》屋はどこがおいしいのだろうかということに変わったくらいである。

ところでそのホテルは、興業会社が運営しているという不思議な業務形態をとっており、なぜかホテルに映画館が併設していた。というよりも、映画館にホテルが併設していたというほうが正しいのだろう。だが、映画館は単館で、格別スクリーンや音響施設がいいというわけでもなく、だいたいインディペンデントな映画を上映しており、映画のほうのスタッフはいつも深夜まで働いていて疲れた顔をしているものの、それに見合う報酬をもらったり成果をあげていたりするわけでもなさそうだった。ここにも疲弊の音が鳴り響いていた。

あの場所は、中野が現在のように変貌《へんぼう》を遂げる前の時代の産物だった。映画館のスタッフも、ホテルの従業員も、そして宿泊する客も映画を観に来ていた人たちも、どこか覇気がなく消化試合をこなすに過ぎない毎日を送っていた。

２０００年代に入り、ノストラダムスが予言した恐怖の大魔王がドタキャンして空気が緩み切った頃、アメリカではテロが起こりあのビルが崩壊する映像が流れはじめた２００１年の秋、私は古今亭志ん朝の訃報《ふほう》に崩れ落ち、急速にあれほど入れあげていた落語への興味が薄くなり、また貧乏だったこともあって、なんかもういいや、という気分になっていた。

そんなある日、本社から石井保《たもつ》さんという、七三分けの髪の毛が凛々《りり》しいおじさんが転属してきた。石井さんは当時でも50代後半に差し掛かっていたかなりのベテランであり、細い身体と白い肌とはアンバランスなほど鋭い目つきが妙に本物じみていて、おいそれとは話しかけづらい孤高の存在であった。映画を担当していた社員さんや映写技師たちからはけっこう慕われているらしいから、業界でもそれなりに知られているであろう人物であることは容易に想像がついた。

石井さんは映画館を１８０度方針転換して、任侠《にんきょう》映画専門館にしてしまい、徐々に業績を回復させるという戦略に転じ、それは映画に関係ないホテルの社員やアルバイトからも一目置かれるに充分な変革だった。ホテルの従業員と映画の社員はおなじバックヤードで仕事をしていたので、石井さんがだれかとしゃべる声や、どんな人たちと話しているかもなんとなく耳に入ってくる。タバコの煙がただよう蛍光灯のあかりすら少し薄暗く感じる昭和の狭い職員室のようにその空間は停滞していたのだが、石井さんはだれと群れることもなく淡々と仕事をしていた。

こういうおじさんがなにを考えているのか、私は興味津々だった。この手のタイプはなにも考えずに懐に飛び込んでみるのが一番だ。いつか話しかけるチャンスがくるはずだと私はタイミングを見計らっていた。そうして私は映画館で上映していた『新幹線大爆破』と『総長賭博《とばく》』、そして「緋牡丹《ひぼたん》博徒」シリーズを観ることになる。

「高倉健《たかくらけん》、いいでしょ」

映画館から出たところで石井さんのほうから話しかけてきた。実際、昭和の映画をまったく観てこなかった私はこれらの映画のおもしろさに度胆を抜かれていた。一本ずつ、文字通り「時間潰《つぶ》し」としての娯楽を追求しており、何度も繰り返し観るほどではない感じと、それでも良いものを観たという気持ちだけがずっと続く感じが癖になっていた。

ここでガツガツ質問してしまうのは専門家の前では拙速だ。そのときは、そうですねくらいの返答で済ませておくと、今度会ったときには石井さんが私のことをリサーチしたようだ。

「落語、好きなんだって？」

当時は落語会のレビューなどをフリーペーパーとして印刷して配布していた私は（なんでそこまでする情熱があったのか、いまではもう思い出せない）、アルバイト先でこっそりコピーをしていた。そのときに社員さんのひとりに許可を得ていたので、私のことが事務所で話題になったときに聞いたのだろう。20代で落語を聴くという人間は、少なくとも私のまわりにはいなかった。落語は当時マイナーな芸能だったのだ。

「そうなんですけど、お金がなくて最近行けてないんですよね」

そう言うと、石井さんは「今度の月曜の15時にここに来な」とだけ言ってその場を立ち去った。

指示された時間に行くと、石井さんは映画の試写を終えたところと見えて、どの作品を買うか本社の社員と連絡をしていたところだった。それが終わると私のところに来て「よぉ」と言い、そのまま外に歩き出した。ついてこい、という意味のようだ。

石井さんはそのまま新宿三丁目に移動し、新宿末廣亭でチケットを二枚買い、一枚を私に渡して客席へと入っていった。私もあとについていく。夜のトリが落語を終え、外に出るとまた石井さんは高揚した様子も怒った感じもなく、またそこにだれもいないかのように黙って歩き出す。私はそれについていくだけである。

末廣亭界隈《かいわい》には石井さんいきつけの居酒屋が何軒かあるようで、その日入った店はカウンターでちょっと値段の張りそうな雰囲気だったが、石井さんは自宅にでも帰ってきたようにその割烹《かっぽう》のおかみと聞いたこともないようなくだけた口調で話しだし、見たこともない笑顔で会話した。注文も最初にすべて自分でしたようだ。それとも、コースだけの店だったのか。私には異文化すぎてわからなかった。あとは酒をちびちび飲みだし、今日のあいつはどうだったこうだったということを語るのだった。

「いいかい、今日、中トリ（休憩前のトリ出番）で出たあいつは名人だなんだ言われはじめてるけど、俺の感覚ではあいつが基準の50点だ。あの噺家《はなしか》が70歳になる頃にはどうなっているかを想像したら、これまでの名人のような存在ではなくなっているわけで、じゃあ現代的かというとそうでもない。年代がちがうし見てきたもんもちがうからなんとも言えないけど、自分のなかの基準となる存在を作っておくと落語はまたおもしろくなるんだよ」

これまで考えてもみなかった発想に少しばかりカルチャーショックを受けたが、自分にない視点はさらに好奇心を加速させてくれた。石井さんはもう何十年も落語を聴き続けていたが、この手の落語ファンにありがちな懐古趣味的な目線はまったくなく、守旧派からは蛇蝎《だかつ》のごとく嫌われていた新作派のことも、評価すべき人は評価していた。自分が見届けることはできないであろう若手のこともよく知っていて、分け隔てなく見ていた。

だんだん見えてきた。どうやら石井さんは毎週月曜日に寄席の定点観測をしており、それはどういう演者が出るとか、どれくらいお客さんが入るかとか、そういうことをまったく気にせず、ただ出てくるものを聴く。演者の力を細部から推しはかる。それが古典であろうと新作であろうと、描写は人物造形や解釈に至るまで、つぶさに観察していた。好き嫌いを持ち込まずに、ただただ聴き続けるというスタイルだ。

そしてそれは映画に関してもおなじだった。一定の量を浴び続ける。悪いものも良いものも、とりあえず先入観なくなんでも鑑賞した。すべてを許容するということはないが、こうでなければいけないという哲学をこしらえて頑《かたく》なになるのではなく、いくつかの哲学の並存を認めていた。

石井さんが落語を語るとき。それはまるでソムリエではないワイン好きがワインを片っ端から飲んで語るような、専門家だがそれを職としていない、堅苦しさからは解放されたような語り方だった。一言でいえば、自分ではいかなる介入もしないことを心に決めた「観察者」「見届け人」だった。落語の未来は暗かった。おそらくこのまま先細りになって滅びていくであろうことが想像できた。それでも期待せず、だが見捨てもしないという覚悟でずっと動向を追い続ける介添人のような存在だった。

石井さんは週3回、人工透析を受けるほどの重度の糖尿病だった。にもかかわらず酒が好きで、酔うと若い女の子に信じられないような口説き方をするのだった。しばらく経つと乗っていたタクシーが事故にあって入院したりもした。退院してきたときには退院祝いにタクシーチケットをプレゼントしたりした。そうすると石井さんはニヤッと笑って会釈をした。そういうコミュニケーションがあって、その後も何度か末廣亭に連れていってもらった。数年後には石井さんは早期退職をし、若林《わかばやし》にある一軒家にも呼んでもらって年賀状のやりとりをするようにもなり、会うたびに映画や落語の話に静かに盛り上がった。石井さんと会うときはいつも二人だった。そこには温かいような、厳しくて冷たいような、冬の晴れた日のような空気があった。石井さんはどんな人とも馴《な》れ合わない。そして現実的で、ロマンチストなのだ。石井さんとの思い出は常に小春日和だ。

ほどなくしてホテルも潰れ、私のアルバイト生活は終わった。博士課程にいた頃、石井さんから電話がかかってきて、

「こないだの〈誰でもピカソ〉観たよォ、いやビックリした。漫才やってたんだねえ、おもしろかった」

に思う。

も石井さんからの電話は、父親に認めてもらえたような喜びが少なからずあったよう人活動のことは話していなかったが、石井さんにもついに知られる時がきた。それで

と言ってくれた。興味本位に話題だけ消費されるのが面倒くさいので、だれにも芸

た。

毎年出していた年賀状に、石井さんの奥様と思われる人から時季はずれの返事がき

「石井は昨年、亡くなりました。ご連絡ありがとうございました。存命中は大変お世話になりました。」

出来あいの葉書に手書きで素っ気なく書かれたその文を、私は何度も読み返した。

最近、私はちょくちょく末廣亭に出るようになった。

楽屋口から新宿三丁目に出ると、あの時石井さんに連れていってもらった店は、いったいどこにあったのだろうかと思う。

# 鈍色の夏

２０１９年7月18日、この日は木曜日で、私は朝から大学の授業だった。天気のいい日で、この日の授業が終わると学生たちは試験期間に入る。つまり学期の最後で、私も学生たちもようやくここまで来たという達成感、あるいはこれからはじまる夏への淡い期待感などもあって、教室はいつもより開放的だった。

授業を終え、電車に乗って連絡などを確認するためにスマホを見ると、不穏なニュースが飛び込んできた。京都アニメーションで放火があったというのだ。煙が立ち込める京都アニメーションの建物の画像が飛び込んでくる。

そのあとどうやって帰ったのか、あるいは別の場所に向かっていたのか、よく覚えていない。

私はそれから、極端に言ってしまうと生きる気力を失ってしまった。日々、亡くなった方の情報が入ってきて、アニメを視聴すること自体が怖くてできなくなってしまった。この25年ほど、日本のアニメを観続けてきた。アニメを観ること、それは呼吸するように自然なことだった。なぜ観るのかとか、なぜアニメなのかということはもう考えることすらしないほど、日常だった。すべてのアニメ作品を創っている人たちと、京都アニメーションで亡くなってしまった人たちは別だということはわかっている。わかっているのだが、彼らのことを忘れて、放送されている作品を楽しむなんてことはできない心境だった。

毎週やっていた朝のラジオ出演も夏期の放送休止期間に入り、大学の授業もない。抜け殻のようになってしまって、外に出なければいけない仕事以外、活動を停止してしまった。

京都アニメーションのアニメは２０００年代初頭から元請制作をはじめたすべての作品を観ていた。アニメファンにとって京都アニメーションはもともと動画、また演出、背景など、作品の質を支える専門的な部分での職人仕事が有名で、だれもが知るスタジオだった。在京のアニメスタジオだと、作品ごとの人材の貸し借りが常態化していて、会社単位での品質が保持しにくいが、京都アニメーションはこれと違って、京都に本社を構えて、制作チームとして人と人との関係、組織としての完成度を高めていく。作品ごとに、自己紹介からはじまって、それぞれの仕事の方法や癖を毎クール知っていくのではなく、すでに個性をお互いが知ったうえでの仕事となればあとは質を高めていく作業になるだろう。指示も楽になるし、なんと言えばどう動くか、納期に収めるタイプか遅れるタイプか、それぞれが知っている。スタジオジブリは映画制作体制に特化することで成功した組織だが、監督をカリスマ化しすぎて次の世代に引き継げなくなった。しかし京都アニメーションはそれぞれの分野でスペシャリストを育成し、監督や演出なども育てはじめていた。輝くのは監督や原画マンだけでなく、背景や美術、色彩担当もだ。原作を見事に映像化することでも「京アニクオリティ」と呼ばれるほど良質で知られており、すでに日本を代表するアニメスタジオとなったといってもいいだろう。しかもその原作も、京都アニメーションで募集し映像化の権利や著作権を保持し、利益をしっかり従業員に還元できる仕組みも作り上げた。驚くことに、これだけブラック化が叫ばれているアニメ業界にあって、定時にはじめ定時に終わる環境さえ、この会社は作り上げていた。

つまり、京都アニメーションは日本のアニメの希望の星だった。これは私の勝手な思い入れなのだが、アニメーション制作の技術もアジア諸国のレベルがあがってきている昨今、人材が海外に流出し、日本だけが特別なわけではない。国策で強化しようという動きもない。だからこそ、このスタジオの行く末は、日本のアニメ産業を左右すると私は思っていた。私のなかでは京都アニメーションは精神的支柱にさえなっていたのだ。

たしかに、アニメ産業はこの会社だけが担っているわけではない。巨大な企業がいくつもひしめいていて、安定的に傑作を生み出している。しかし、どの作品にも共通する質と演出が、京都アニメーションという文体を形成していた。そしてその文体はブランド化していたといっていい。ただ、作品ごとに目指すものが違っていて、ブランドに胡坐《あぐら》をかいているようにも見えない。「京アニっぽい画《え》」はあっても「京アニっぽい物語」はないのだ。

しかし、そんな京都アニメーションの中核であり、幅広い層のアニメーターたちが存在していた第一スタジオが、ある日不条理にも猛火にのみこまれ、一度に三十六人もの命が奪われた。こんな無差別大量殺人の標的になるような場所でも組織でもないのだ。もちろん、標的になるようなことをした人は殺してもよい、というわけではない。どんなことであれ殺人は許されない。しかし、不条理に対してあまりに無力だった私は、いっそ彼らのひとりのかわりに自分が死んでいれば良かったのではないかと思った。そういう精神状態だった。もちろん、彼らにとって私は見ず知らずの人間であるし、私も彼らの人となりを知らない。しかし、作品は知っている。彼らが作りだした作品、それが表現者のすべてである。それで充分だ。彼らの血肉が反映されている作品を観て、それを受け取り、私は充分、対話してきた。

事件から3日目の7月20日、なにをしても空虚な気持ちだった私は、このまま家にいたら死んでしまいそうだった。ひとまず外に出る。暑い日差しが暗い気持ちをより強調させた。じっとりと汗が沁《し》み込んだシャツが、肌にくっついて離れない。

なにか、なにかを理由にいつもと違う場所に行きたい。そう思った。そうしてひとつのことを思いだした。

今日は、須田幸太《すだこうた》が投げる試合がある。

須田は、2019年の都市対抗野球という、各都市を代表する企業球団の日本一を決める大会に出場していた。この年、須田は横浜から戦力外通告を受け、千葉にあるJFE東日本というチームに所属した。一度お世話になったチームに戻り、そして優勝して監督を胴上げすると宣言した1年目、まずは全国大会の切符をつかみ、7月14日の初戦は強豪の大阪ガスと対戦した。9回まで0－0で決着がつかず、9回にピッチャーが須田に代わった。須田は試合を締めくくる役で、普通なら1点でもリードしている展開で出すべき投手だ。しかしトーナメント戦はそこで負けたら終わりだ。絶対負けないんだという気迫をもって、同点の場面で須田が登板した。そして須田は投球で示した。9回は見事に守り切った。チームは息を吹き返したが、それでも大阪ガスの継投の前にチャンスを作れない。野球は守りが強くても点を取らなければ勝てない。11回までやって勝負がつかず、試合はタイブレークまで持ち越して12回表に遂《つい》に須田が捕まった。チームは2点取られた。これまで1点も取れなかったチームに、2

点ビハインドは厳しい。しかしチームはその裏に3点を取って劇的な勝利をしたのだった。

京都アニメーションの事件はその翌週のことだった。

私は都市対抗野球の試合が行われる東京ドームにいた。ドームに入るのは、ちょうどこの球場が出来た1988年以来だから、勝手がわからない。普段はどんな席でもチケットをとることが難しい東京ドーム。この日は朝から小雨が降っていて、第一試合を中盤くらいから観ようと自宅を出て、地下鉄春日《かすが》駅から入口に近づいた。それでも少し歩くと汗ばむ。

球場の外まで応援団のラッパの音や歓声がうすく聞こえてくる。そうなると自然と気持ちがはやるのを感じた。無料で観られる席もあるが、どうやらチケットを買ってバックネット裏で観ることもできるらしい。都市対抗を球場で見るのは初めてだ。できるなら、須田を間近で見ておきたい。今日は出るだろうか。前回のロングリリーフ(複数回にまたがりストッパーの役割を行うこと)から6日、体力は回復しているはずだ。となれば、試合をリードしていれば終盤には出てくるかもしれない。冷房のきいた、ひんやりとしたドームに入って、急に空間の広がるのを感じる。突き抜ける青空のある野外球場の気持ち良さは他の何にも代えがたいが、ドームにもやはりあの開放感はある。その広さに目を奪われていると一瞬で、大きな応援と歓声が耳に入ってくる。目の前の試合の、選手たちの一挙手一投足に集中する一塁側と三塁側。

試合は5回、JFE東日本は東京代表の明治安田生命に2点のビハインドだった。今日も苦しい展開だ。しかしJFEのチームメイトは前回の土壇場逆転劇で勢いに乗り、いまは全能感に満ち溢《あふ》れているかもしれない。リードはされていても、負ける気はしていないのではないか。須田が登板するまでは試合は決しない、そう思っているのではないか。そう考えながら、空席のたくさんあるバックネット裏に腰を据える。

ここは単純に野球が好きな人が来ているらしい。大声をあげて応援をしている人はいない。なにかを食べながら野球を観たり、ひとりで観に来ている人たちもたくさんいた。負ければ終わりという緊迫した試合を前に、黙って焼きそばを食べたりビールを飲んだりしているここの座席の風景は、なんだか昼間の演芸場に入ったような、妙なまったり感があって可笑《おか》しい。そんななかにも、背番号20の懐かしいユニフォームを着ている人がチラホラいる。そうだ。プロとしての須田は終わった存在なのかもしれない。でも、須田自身は死んでいない。再起だってあるかもしれない。現役を終えた後も人生は続く。だからこそ、どうやってプロを終えるか、どうやって現役を終えるかも見届けたい。

須田幸太は、前年まで横浜DeNAベイスターズの投手だった。横浜大洋ホエールズ時代からこのチームを応援していた私は、98年の優勝を境に年々弱くなっていくチームを見ながら、すでにファンであることを辞めるタイミングを逸していた。子どもの頃は愚直に応援していたけれど、分別がついてくると球団の姿勢とかお金の使い方とか、選手の獲得、起用方法などから球団や監督たちがなにを考えているのか察せられてくる。チームの頭脳であった谷繁《たにしげ》捕手を放出したあたりから、なにかが違うぞと思い始め、シーズン100敗ペースで負け始めるようになると、毎年6月くらいにはシーズンが終わっているような球団になった。ここからは、これまで応援してきた年月を無駄にできない自分との闘いになった。大事にしてくれない異性と別れられない者のような気持ちになり、単純に相手が好きというよりは、これまでかけた時間と労力が報われない可能性に恐怖する日々だった。そんな自分に気づいて自己嫌悪すらする。いや、報われなくてもいい。せめてひたむきに一生懸命にやっていてくれれば、それだけで良かった。しかし、マシンガン打線と言われた強力打線を支えた優勝メンバーですら、数年以内に別の球団に移ってしまうほど、選手にとっても魅力のないチームとなってしまい、選手にもどこか気迫のない、「どうせこんなもの」と言わんばかりの緩慢なプレーが見られた。次第に選手が入れ代わると、そこにはもう勝ち方を知らない選手たちが揃った。手を抜くということ以上に、勝ち方を知らないというのは打つ手がない。あれだけ球場に押しかけていたファンはほとんど見なくなった。が、それでもこのチームの試合から逃れられなかったのは、そこに三浦大輔《みうらだいすけ》がいたからだった。

三浦大輔は球団名が「横浜大洋ホエールズ」時代の最後のドラフトで、6位指名された名もなき投手だった。高校時代は奈良の高田商で投げ、甲子園《こうしえん》にも行っていない。私の母は奈良の出なので、奈良大会はだいたい毎年天理《てんり》高校か智弁《ちべん》、たまに郡山高校という感じだったのが、三浦のいた年の高田商は春も夏も決勝に進んでいた。だから人一倍、私はこの選手に思い入れをしていた。

だれも期待していない、だれも知らない、そんななかから三浦は黙々と努力をした。雑草としても無名のところから、彼は多くの人の予想を裏切って活躍し続けた。先発になり、勝ち星を重ね、負け試合でも黙々と投げた。どんな選手でも球団に対する不満があってそれが漏れ聞こえてくるものであるが、三浦に関しては一切聞いたことがなかった。雨の日も、暑い日も、三浦は黙々と投げ続けていた。そしてずっとチームに残り続けた。

２０１６年。クライマックスシリーズが導入されてからちょうど10年目。横浜は球団ではじめてクライマックスシリーズの出場を決めた。このチームは若い選手たちが活躍し、確実に強くなってきていた。ＣＳ決定の翌日、三浦はついに引退を発表した。

そして気づいたときに私は、この三浦が守り続けてきたチームの若い選手たちのことも知りたいと思うようになっていた。

その年、横浜の投手陣は充実していた。横浜の強さを象徴する投手陣の勝利の方程式というべき継投リレー。須田はそのなかでも、年間で62試合も投げた。先発が5、6回までもっていれば、あとは右投げなら須田幸太、左なら田中健二朗《たなかけんじろう》で抑えて、三上朋也《みかみともや》、山﨑康晃《やまざきやすあき》と抑え続ける。大学から社会人野球を経てプロに入った須田は、中継ぎのスペシャリストだった。6年目のシーズン、ようやくその素質が開花していた。

須田は2005年、早稲田大学に入学した。私のちょうど10年後の入学だ。この年の野球部には後に阪神タイガースに入団する上本博紀《うえもとひろき》、横浜でも一緒になる細山田武史《ほそやまだたけし》や松本啓二朗《まつもとけいじろう》といった選手がいた。が、なによりもこの世代を騒がせたのは、甲子園で優勝し早実から早稲田に進学してきた斎藤佑樹《さいとうゆうき》投手である。須田は、鳴り物入りの1年生として斎藤が入学してきた年の3年生エース、つまり、外の世界から見るとエースを斎藤に奪われるかもしれない無名のエースだった。どれだけのプレッシャーがかかったか、チーム内でどういう話し合いが行われたか、知る由もないが、須田はチームにおける斎藤の立ち位置や周囲との関係もまとめながら、自身も投げて見事春・秋ともに六大学リーグを制し、全日本大学野球選手権でも優勝している。

同級生がプロ志望届を出してプロ入りするなか、須田は社会人の道を選んだ。須田のインタビュー記事などによると、プロ入りを意識したのは仲間がドラフトにかかった当日のことらしい。

高校時代、茨城でも無名の母校を甲子園にまで連れていった須田は、プロにならなかった。いや、なれなかったのかもしれない。最後の夏の大会は、茨城大会の3回戦で、1ヒット2失点、1－2で敗退していた。失投1での敗戦である。大学に入っても、やっと主役になれる学年になったかと思えばそこに斎藤佑樹が入ってくる。結果を出しても、それが必ずプロになるという強い意思を持つことにつながる環境になかったのかもしれない。ともに闘った仲間がプロの世界へ足を踏み入れるのを見たとき、ようやく現実的に自分だったらと想像できたということだろう。しかしその分、須田は思考する頭脳と、忍耐力を手に入れていた。

モヤモヤした気持ちを抱えて入ったのが、JFE東日本だった。須田は1年目から全力で挑んだ、という。はじめて野球をやる楽しみを感じた。社会人野球には面白いルールがあって、地区代表になったチームは、おなじ地区の別のチームから補強選手を出せる、というものだ。須田はHondaのチームの補強選手となってクローザーとして4試合に登板、優勝を経験した。この経験を糧に、自分のチームであるJFE東日本を優勝させよう、という気持ちが芽生えた頃、プロからドラフト指名がかかる。

2010年、横浜はドラフト1位で須田幸太を獲得した。

当初は先発での起用だったが、やはり適性は中継ぎ、あるいはクローザーだったのだろう。どちらかというと頻繁に本番が来たほうが気持ちよく投げられる投手なのかもしれない。経験不足や故障などもあって不甲斐《ふがい》ないシーズンもあったが、それでも即戦力であることはだれしもが感じていた。しかし社会人出身で5年、高卒だったら10年も経つ年齢になると、このまま結果が出せなければ、戦力外通告もあり得る。その進退がかかった6年目、三浦が引退した年に、ついに須田はファンの脳裏に焼き付くどころか、一生忘れられない投球の数々を披露してくれたのだった。

回の頭から抑えるだけでなく、塁に走者を背負った状態で引き継ぐことも珍しくなかった。満塁のピンチで交代して投げることもあった。しかも相手は巨人《きょじん》や広島といった強打者が揃うチームだ。それでも須田は抑えた。この人がいれば安心だと、そう思える中継ぎが登場したのはチームにとって久しぶりのことだった。しかもそういう投手が四人いたのだ。

このままの体制でシーズンを終えたい、だれもケガすることなくこの盤石のリレーが続くのを見届けたい。だれもがそう思っていたし、当人たちもそうだっただろう。ひとりでも欠ければ残った三人にかかる負担が増える。そうなればまた新たにひとり欠く、という連鎖が起こらないとも限らない。ところが、シーズン終盤に入り、負けられない試合が続くと彼らは連投する。今日も須田が投げる、田中が投げる、三上が投げる、山崎が投げる。それぞれに疲労はピークに達していた。

　２０１６年9月19日、球団初のＣＳシリーズ進出が決まった。翌日、三浦が引退を宣言した。ようやく、強いチームだと胸を張って言える日がきて、引退を発表したのである。三浦はようやく、その直後の9月24日、ついに須田の肉体が悲鳴を上げた。左太もも肉離れ。須田のシーズンは終わった、かのように思えた。と同時に、勝利のリレーが微妙なものとなる。さすがに強打者の揃う巨人や広島は簡単に勝てる相手ではない。選手やファンにも不安がよぎる。

　しかし、この苦労人がようやく手に入れたポジションをやすやすと手放すわけはなかった。「ＣＳ、投げるとしたら何日くらいになりそうですか」「10月14日あたり」「わかりました」。のちに須田は語った。9月24日以降、試合は観ずに、ひたすら10月14日に間に合うようにリハビリに励んだ、と。一度でも肉離れになってみればわかると思うが、1ヶ月やそこらで完全に治るものではない。仮に治ったと思えても、いざ本気で投げてみようとすると怖くなって全力は出せないものだ。しかし、須田は10月、広島の選手たちを相手にボールを投げることだけをシミュレーションして、毎日スーパー銭湯に通い、身体の復元に集中した。チームが巨人に勝ち、広島と対戦できる保証も、自分が投げる保証もどこにもない。

10月14日、広島のマツダスタジアムで須田はマウンドに立っていた。横浜3点リードの8回裏2アウト満塁。打者はこの年通算2000安打を達成し、年間100打点で4番に座り続けた新井《あらい》貴浩《たかひろ》だ。1本出てしまえばそれで終わり、ヒットだとしても同点必至の局面で、須田ははじめてのCSのマウンドに立ったのだ。抑えられる保証はどこにもない。しかし須田はだれよりもハートの強靭《きょうじん》な投手となっていた。いまこの時、この局面で抑えるためにこの投手は野球人生を歩んできたのかもしれない。それほど痺《しび》れる登板で、すべて直球を投げた。そして新井を打ち取った。こうしてこの日の須田の仕事は終わった。

あの日、私はこの選手を追いかけようと決めたのだ。この先どんなことがあっても、あの日の投球は忘れない。あの試合を観ていたすべてのファンは決して忘れはしない。

だから、2019年の都市対抗野球の東京ドームにも、須田の横浜時代のユニフォームを着たファンがいた。

あの投球以降、須田の故障は決定的なものになった。翌年もチームは勝ってCSに行った。須田も投げた。日本シリーズでも投げたのだ。が、結局2018年になっても完治に至らず、チームは須田に戦力外通告をした。まだやれるはずだった。これほどの経験をしてきた選手である。もう少し時間があれば。しかし、プロには毎年野球のトップエリートたちが供給されてくる。猶予はなかったようだ。

こうして須田は社会人野球に戻ってきた。戦力外になった翌日、JFE東日本が須田に声をかけたのだ。そして復帰初年度のこの年、またも都市対抗決勝にまで駒を進めた。それも、今度は自身のチームで。

ただ、横浜ファンの奇妙な自己暗示のようなもので「自分が観に行く試合は負ける」というのがある。東京ドームに入った瞬間、リードされているのを観て、この自己暗示が現実のものとなりそうでなんだか申し訳ない気持ちになってきた。ただでさえ押しつぶされそうな現実を前に、自分のせいでチームが負けたらどうしよう、と、ここへ来た自分を責めたくなった。その後も両チーム点が入らないまま8回を終えた。残すは明治安田生命の9回表、そしてJFEの裏の攻撃だ。さすがに2点リードされている状態で、須田は出ないかもしれない。私が帰ったほうが、最後の攻撃でなにかが起こるかもしれない。

そう思っていると、ピッチャーが交代した。リードされていながら、9回表に須田を出したのだ。スタンドもベンチもお祭り騒ぎだ。ちっとも負けているチームの雰囲気ではない。これで勝てる、とすら思っているかのようだった。どちらが勝っているチームなのかわからなくなる。もちろん須田は打者三人をあっという間に片づけた。

本人曰《いわ》く、いまが全盛期ではないかというほどのキレ。球速は2016年ほどではないが、球種の豊富さ、配球の緻密《ちみつ》さ、勝負勘などが肉体と絶妙なバランスを保って、自然に調和している。その姿を見られただけで、今日ここに来て良かったと心から思えた。

あの須田が、目の前にいた。そして、それは新しい須田でもあった。

9回裏、2－2に追いついたチームはさらに満塁として、最後はホームランでゲームセットとなった。6－2でJFEが勝った。にわかに信じがたいことが目の前で起こった。モノノケが憑《つ》いた試合だ。

須田は単なるクローザーではなく、チームの精神的支柱にまでなっているようだった。どの球にも理念と情熱があった。オーラもあった。これは夢ではないだろうか。

この須田を、次も見たい。

私は次の試合の日程を確認し、東京ドームを出た。雨は止んだ。生きていて良かった。

その後も須田は神がかり的な試合をつくった。

劇的な勝利から2日後7月22日の第三試合、準々決勝の相手はパナソニック（門真《かどま》市）だ。同点にされた7回、1アウト満塁。1本出てしまえば試合が決まる。ピッチャーは崩れはじめて打たれたあとにデッドボールまで出してしまった。クローザーの須田まで繋《つな》ぐ継投をするのであればこの局面だ。

そう思っているとこの場で交代したのが須田だった。

須田が満塁で登板する。1本打たれたら終わる、試合ではなくここまでチームメイトと歩んできた一年が終わる、という場面で須田が投げる。これ以上のお膳《ぜん》立《だ》てはない。2016年、あの広島を沈めた右腕がこの日もしなる。そして三振とフライであっさり凌《しの》いだ。須田は終わってなんかいなかった。まだ万全の状態で生きている。目の奥からじわりと液体が染み出してくる。

活気づいたチームはその裏に2点を取って3－1でこの試合に勝った。須田は最後まで投げた。なにかが憑いているとしか思えない勝ち方が続く。

さらに2日後の準決勝も、須田は1点リードされている展開で7回から登板した。その裏に味方が1点取って同点、延長までもつれて、ロングリリーフがたたったか10回表にソロホームランを食らった。須田が投げてはじめて打たれた。ここまでかと思ったがその裏に2点取って勝った。須田が助けられたのだ。もうこのチームは須田だけのチームではなく、全員で勝つチームとなっていた。信じられないほど選手個人個人のメンタリティが強靭だった。

決勝は準決勝の翌日、7月25日に行われた。相手は強豪トヨタ自動車。6－4でリードしていた7回、2アウト二、三塁のところで登板、1本打たれたら同点以上という局面でやはり須田は抑えた。バックネット裏にいた数えきれないほどの人たちが、「須田ァー！　須田ァ！」と叫ぶ。私も須田の名前を絶叫した。

須田は9回を三者三振で終えた。

JFE東日本は優勝した。夢を見ているようだった。応援しているチームを観に来て、一度も負けずに優勝した。そしてそのチームを引っ張っていたのは、間違いなく須田だった。これをずっと観たかったんだ。須田は私にとって、忘れられないスターなのだ。そしてスターはずっとスターだ。

すっかりなじみになったような気持ちで東京ドームを出る。この7月は30度を少し上回るくらいで猛暑というにはまだ早いような天気だったが、それでも湿気で汗が出る。だが、興奮した気持ちをそのままに家路につく自分がいた。

京都アニメーションの事件からまだ10日も経っていなかった。亡くなった人たちも日々こうして、チームとしてひとつの作品の完成に向けて生きてきていたはずだ。私にできるのは、須田の投球を、彼らの作品を、目に焼き付けておくことだけだ。実体としての生死とは別に、彼らの「仕事」は生き続ける。ずっと自分のなかで輝き続ける。

帰り際に久しぶりに喫茶店に立ち寄った。アイスティを頼んで、飲んでみたらアイスティの味がした。その当たり前の感覚がいまは不思議だ。この夏をこせると思った。

偶然にも事件の前日、京都アニメーションが完成させた劇場作品がある。『ヴァイオレット・エヴァーガーデン外伝 ―永遠と自動手記人形―』だ。この作品はテレビアニメーションで放送された。完全新作となる劇場版の公開を翌年に控えた外伝的位置づけの劇場作品で、作品の本筋ではないが、むしろそれ単体で観ても楽しめるように作られているはずで、本筋の解釈にも重要な位置づけのものにちがいなかった。9月6日に、当初の予定通り劇場公開された。

8月、私はアニメを観ずに過ごした。なにかを観てしまうと、すぐにあの7月18日がフラッシュバックしてくる。それでもこの作品はどうしても観ないわけにはいかない。なぜならそれが彼らの生きた証《あかし》のひとつだからだ。目に焼き付ける。それが私にできる唯一のことだ。

こんなにビクビクしながらスクリーンの前に座るのははじめてだった。ずっと我慢していたものが溢れそうで苦しかった。どの作品を観ても、彼らの痕跡《こんせき》を観ることで彼らの存在を思い出してしまう。なにも起こらなければ、安らかな気持ちで観られたはずのものが、いまは特別の意味を持ったものとしてしか観ることができなくなってしまったのではないか。自分には安らかな気持ちで観られる自信がなかったのだ。

しかしそんな心配など吹き飛ぶほどに、映像には力があった。現実世界のことなど忘れるほど没頭させてくれた。圧倒的な出来だった。

「寂しくなったら名前を呼んで」

「君の名を呼ぶ、それだけで二人の絆《きずな》は永遠なんだ」

作品のなかで印象的に挟み込まれた、数少ない活字。名前、それがこの映画のテーマだった。

エンドロールには亡くなった方の名前もすべてが刻み込まれていた。我に返ったのはその時である。

この作品を観て、私は恐怖や絶望に立ち向かう力を得た気がした。


12月、私は仕事で京都に赴いた。集合時間より少し早く京都駅に着き、私は電車に乗って京都アニメーションのあのビルに向かった。取り壊しが迫っている。人通りも少ない。5ヶ月経っても、焼け跡に、煤《すす》の痕《あと》が生々しく残っていた。

私はほかの人より故人のご冥福《めいふく》をお祈りするタイミングが遅いのだと思う。訃報《ふほう》などを聞いても、その日のうちにすぐに冥福を祈ることができない。自分のなかで近ければ近い人ほど、区切りをつけることができず、うろたえて立ち止まってしまう。それでもその人のいた場所を訪れると、それまで自分を覆っていた硬い皮が、一枚一枚自然と剝《は》がれ落ちていく。そうして私は新しい自分に脱皮する。

曇天続きの夏に、まぶしい思い出が二つある。須田と、『ヴァイオレット・エヴァーガーデン』だ。

# 百年の柿

車が入用になったので3年前の5月ごろに近所の駐車場を借りた。

どこでも良かったのだが、ちょうど自宅から少し離れた近所を歩いていたら大通りを少し入ったところに10台以上は入りそうな駐車場があり、別の日に行ってもほとんど車が停まっていなかった。自宅から近い駐車場はほとんどが顔見知りが管理しているので、顔を合わせるたびに会話をすることになる。なにも会話をするのがいやだというわけではないのだが、なぜここに駐車場を借りるのかと聞かれると少し困る。知り合いからどうしてももらってくれと言われた趣味性の高い車を自宅の車庫に駐め、身体が弱くなった母を送迎するための車を駐める駐車場がほしいという事情説明は、そのうち母への心配へと話が進むだろう。それは母にとってもご近所に気を遣わせるので本意ではないはずだ。顔見知りにはあまり知られたくないだろう。そういうわけで少し離れた、顔見知りがいない場所というのが重要だった。その点でこの駐車場はちょうどいい。

ただ、駐車場募集の看板があるにはあるが、どうやら不動産会社が管理しているのではなく個人で管理しているようだった。気難しい人なのかもしれないと躊躇したが、思い切ってその場から電話をかけてみた。

出たのはどうやらお年寄りの女性で「普段は電話にも出ないのだけれど、あなたはいまどちら？」「いまその駐車場です」「あら、だったらうちにあがってください」とのことだった。大家さんはその駐車場に隣接する立派な古民家の住人のようで、在宅だったらしい。急な展開だがいまさら帰るわけにもいくまい。好奇心もあって、思い切ってその家を訪ねた。

家にいたのは老夫婦であった。斎藤さん（仮名）というそのご夫婦は、いかにも人が好さそうな雰囲気で、ぶっきらぼうな駐車場の看板の印象とは裏腹に、サングラスをかけている私のような怪しい男でも歓待してくれた。端からみれば私は急に家にあがりこんだ詐欺師に見えたことだろう。

家にあがると、鎌倉あたりを舞台にした映画に出てきそうな巨大な古民家で、しかも歩いてもミシリとも音がしないほど手入れが行き届いている。二階もあるが天井は低くなく180センチの私でも頭をぶつけない。奥の間に通されたが、和室の畳の上に絨毯《じゅうたん》が敷かれ、重そうな大きな机がある部屋でさっそく契約ということになった。

私とおなじ年くらいの息子さんがいるらしく、またこの土地に長く住んでいる私の話を聞いて安心したのか、なぜ駐車場が空いているのかを教えてくれた。最近、土地を売ってくれだの管理させてくれだのという業者が毎日電話をかけてくるので電話にはほとんど出ないということだった。息子さんたちは家を出て独立しているそうだ。駐車場は最近まで、とある会社が10台分借りていたのが、引っ越しをしたらしく全部解約したという。してみると、いろんな意味で私は間が良かったのだろう。看板が古いので、簡単なもので良ければ作り替えましょうかと提案すると、「じゃあ、やってもらう?」とご主人は奥さんに聞いていた。そんな、ご迷惑だわよ、と返す。普通に考えればその日に会った人間に、いきなり託すわけにもいくまい。とはいえ、このおっとりしたご主人の人柄に私は早速打たれてしまっていた。

しばらくその駐車場を使っていると、私の気配に気づき奥さんが家から出てきて話しかけてきた。「息子から聞いたの、あなた有名なラジオ出てるんですって?」。名前で検索をかけた息子が親に教えたらしい。私の仕事のアレコレを老夫婦が知ってしまい、これは面倒なことになったなと思った。これでは近所から少し離れたところに借りた意味がない。ただ、母のことは知らないので自分が話の種になってしまうのは職業上仕方ない部分もある。否定せずに正直に自分の仕事について説明した。先方は興味津々である。

それからも斎藤夫妻は急いで車を出そうとする私を呼び止めては話しかけてきた。しかしこの二人に罪はない。これも宿命と受け止めて、最近すっかりなくなってしまった「ご近所付き合いプレイ」を全うすることにした。気づけば数ヶ月で私はすっかり斎藤家に食い込んでしまった。知らない間に調べたのか、私の出演する寄席や、コンビのライブにまで足を運んでくださったり、出演するラジオ番組をチェックして聴いた感想なども伝えてくれたりした。もうここまで来たらつまびらかにせざるを得ない。覚悟を決めて、完全なご近所さんだと思うことにした。

秋口になって唐突に携帯電話に斎藤さんのご主人から着信があった。「柿がたくさんなったので、良かったらもらってくれませんか」。

斎藤さんの家にはかなり手入れの行き届いた庭がある。陽の出ている時間にはたいがいどちらかが庭仕事をしていて、そういえば最近脚立を出して柿の木にかけていたのを見かけた。柿にはあまりそそられないが、ご近所付き合いプレイとして無下に断るわけにもいくまい。別日に時間を作って斎藤宅にお邪魔した。

「この柿は、この家ができる前からあるんです、去年99年目だったんだけど、柿が生《な》らなくてねえ。もう死んでしまったのかと思っていたんだけど、今年はこんなにたくさん生ったんですよ」と、旦那さんがピカピカに磨いた大きな柿を、誇らしげに紙袋いっぱいにくれた。奥さんはなぜか冷凍した炊き込みご飯をくれた。作っても息子たちが食べにきてくれないらしい。

私ひとりが食べるには多すぎる柿を持ったまま仕事に向かい、私は後輩芸人たちにも柿をさらにおすそわけした。彼らはとても喜んだ。柿は美しく、そして美味しかった。炊き込みご飯もすこぶる美味かった。

そしてその翌年の夏、斎藤さんのご主人は亡くなった。柿は百一年目もたくさん生った。

斎藤さんの奥さんからは、その後も柿や干し柿をいただいている。

カチカチ

僕らは「浅草キッド」の名のもとに集まった。

水道橋博士さんと玉袋筋太郎さんの漫才コンビ「浅草キッド」の漫才がなによりも好きだった。そしてキッドさんのライブ「浅草お兄さん会」からは何組も売れっ子芸人が羽ばたいた。だからキッドさんの、ライブに集客をする興行的展開を学んだのは自然のことだった。キッドさんは僕らの活動の道しるべになってくれた。

私たち米粒写経が2008年にオフィス北野に所属してから、事務所的にネタをできる若手芸人を育てる場を作ろうという話になったとき、キッドさんが自分たちにしてくれたことを今度はする番だと思った。

ライブの立ち上げにあたって、ネタができる芸人であるマキタスポーツ、前大輔《まえだいすけ》さん（現「やくみつゆ」、当時は「大神クヒオ」さん）らを中心に話し合って、スクールのないオフィス北野という事務所にあって、オーディションやコンテストに送り込める人材を確保し、事務所所属への橋渡しにできるようなライブにしようという話にまとまった。身体をはる芸人もいるが、ネタもできる芸人もいる。そうなればもっとオーディションの話も出てくるかもしれない。それはひいては自分たちの身にもなるし、あまりに独特すぎる活動をしていたお笑い界の周辺にいる我々には、とにかくホームグラウンドが必要だった。

　事務所のマネージャーさんたちとも連携して、私はお笑いライブとしては他と競合しない、西新宿にある劇場を紹介した。関《かん》交協ハーモニックホールという会場だ。以前落語会のゲストに出たときに、まだお笑いライブ会場としては手垢《てあか》がついていない場所だと記憶していた。キャパは１５０人程度。知名度のない人たちで毎回埋めるのはきついかもしれないけれど、キッドさんから教わった興行展開をもってなんとか動員しよう、大手事務所にはない価値観のライブを立ち上げようと、芸人一同燃えていた。名付けて、「フライデーナイトライブ」。金曜夜のライブであり、北野のライブなので「フライデー」というわけだ。

　ライブのネタみせは、我々芸人と事務所スタッフで行い、マーケットを無視した価値観を押し付けるのではなく、ネタみせに来る芸人たちがなにを目指して、どう売れたいのかを確認してからアドバイスする。これもキッド流だ。芸人たちとスタッフが対等に話し合い、一緒にライブを作っていく。これがなかなか難しいのだが、ノウハウのない事務所だったのでむしろゼロからスタートできた。２００９年のことである。本番には、グレート義太夫さんに後見人のような形で入ってもらい、先輩と後輩の橋渡し役までやってもらった。鉄道アイドルの木村裕子さんというタレントにも司会をお願いして、さまざまな存在の仕方を示す場にしていく形が整った。こうして事務所全体での、まさに挙党体制のようなライブがはじまった。

ネタみせには、お笑いスクールに入ったものの、所属にいたらず行き場を失った芸人たちや、ライバルがいないことをチャンスと捉えたヤマッ気たっぷりの芸人、そして北野の名に憧れる芸人たちが集まった。とはいえファーストチャンスをものにしていない、再チャレンジ組である。ライブに出られるだけでもありがたいのだという熱気が彼らにはあった。少しずつ、力のある者たちが集まった。隔月開催のライブを立ち上げて二年、「馬鹿よ貴方は」というコンビが若手コーナーを三連覇して、事務所所属をグッと近づけた。

馬鹿よ貴方はは、その後所属を決めて、THE MANZAIやM－1グランプリにも出場した。そのほかにも、現在活動している芸人だと、ホロッコ、マッハスピード豪速球、ランジャタイ、キュウ、元祖いちごちゃん、太陽の小町、バベコンブ（旧・バベル）、荒ぶる神々、マザー・テラサワ、昨日のカレーを温めて、いかすぜジョナサン（旧・カワマタ）、銀座ポップ、藤井21、セクシーJなんて芸人たちがいた。日本酒の唎酒師《ききさけし》でもあるコンビ「にほんしゅ」なんて変わった存在の漫才師も出入りしていて、すでに解散、引退した芸人たちを含めると完全にカオスな顔揃えの事務所になった。

しかし、忘れてはいけないコンビがいる。

ルサンチマンという漫才師だ。浅川と吉尾の二人組。

彼らは、馬鹿よ貴方はと並んで、初期フライデーナイトライブを象徴する、もうひとつの存在だった。早稲田大学で出会った二人が、一度解散して再結成、というところまで我々米粒写経とも似たような漫才師だったのだが、彼らの場合はキャリアのはじめのほうの06年にM－1の準決勝に進出したという経歴があり、アマチュアリズムのロマンを体現したような東京カルト芸人界の雄であった。

私たちも、結果としてフリーの期間が長かったため、知らない間に問題児扱いされていたわけであるが、馬鹿よ貴方はに関してもルサンチマンに関しても、ビジュアルがとにかく暗すぎて怖い。これは事務所が発信するメッセージとしてどうなんだ⁉　アングラ感出過ぎじゃないか⁉　この事務所インディーを欲しがっていると思われないか⁉　というか、全体的に「黒い」衣装の人多いぞ！　と、さんざん気をもんだものだが、ひとまず若さとかさわやかさは置いておいて、力のある即戦力を取ろうと、ライブ立ち上げ後数年は動いたのだった。

その点で、ルサンチマンの力はだれもが認めるところであり、何年もキャリアがあるんだから当然だったにしても、結果的に早く所属にいたった。

馬鹿よ貴方はの場合は、コントも漫才もやる、というかあまり境界線のハッキリしない感じが彼らの良さでもあるのだが、ルサンチマンは漫才一本、しかも大胆に芸風をテコ入れし、常に攻めの姿勢を崩さない探求心があった。

やたら喧嘩が絶えないコンビという印象があったが、あくまで芸のうえでの完成度や意図を問題にしたものなので、どちらかというと良い衝突のようにも見えた。彼らも頑固で、コンテスト依存を覚悟でネタ主義を貫き通していた。まったく耳を貸さない。それならそれでよい。どこまで行けるのか、応援したい気持ちで眺めていた。スランプのような感じになっていた時期も、試行錯誤している時期もあった。そしてそれらはすべて、出口のないお笑いの世界にハマりこんだ芸人にとって、理解できる状況だった。だからこそ、成功してほしいと願った。思うに、こんなに一人一人に感情移入していては、芸能事務所のマネージャーなどつとまらないかもしれない。放置しておいて、外で結果を残した芸人だけを面倒みる、いろんな事務所のスタッフの顔がよぎる。彼らも話してみれば、決して冷たい人間ではないのだ。

マネージャーでもないおなじ芸人としてできることは、ずっと見ている、ということをメッセージするだけだった。

しかし不運というか、不幸は突然やってきた。

ツッコミの吉尾が２０１４年の10月に亡くなってしまったのだ。事務所のネタみせに参加していた翌日、というよりもその日の深夜に、突然死したのだ。

若手芸人の突然死。ひたすら売れることを夢見て、夜勤のアルバイトなどを重ねるうちに、どこかで身体の異変が起こる。まったくない話ではなかった。それまでも東京芸人界隈《かいわい》では何年かに一度、こうした悲劇が起きていたのだ。

ルサンチマンはコンビを組んで10年、途中、一度は解散したのに、やはりお互いがお互いでなければならない理由に気付き組みなおし、葛藤も迷いも緊張も幸福も、すべてを分かってきたはずだ。そんなコンビの相方はもはや自分の分身である。衝突もして、爆笑も共有し、配偶者ともちがうもうひとりの共通体験者を、ある日突然失う。想像するだけで怖いことである。

残された浅川からしてみたら、伝えておきたかったこと、やりたかったこと、言い残していたもの、あの件に関してはあそこが悪かったとかこうすればよかったとかが、あったにちがいない。しかし、ある日突然亡くなって、それらだけが全て取り残される。残される側の芸人というのは、背負うものが二人分になる。だからコンビは常に儚《はかな》い。

吉尾にはあまり存在を明かしていなかった奥さんもいた。我々は彼が亡くなってからそのことを知った。そして驚くことに、奥さんには吉尾の子どもまで宿っていたのだ。

吉尾の亡骸《なきがら》を見届けるために、このライブの参加メンバーのほとんどが、彼が毎日往復していたであろう家から駅への道を、円い月を見ながら、彼はなにを考えていたのか想いながら歩いた。

私はちょうど、マキタさんやほかの後輩たちとおなじ時間に居合わせた。座敷に眠る吉尾は、本当にいつも通りの吉尾だった。こんな形で全員にジロジロ見られることになるなんて、本人にとったら絶対いやなことだったろう。そのギョロッとした目が、いまにも開いて「いつまで見てんねん！」と言いそうだった。33歳で、こんなにきれいな形で亡くなるなんてことが、あるんだろうか。

奥さんからは、触ってやってください、なんて言われるが、どこを触っていいのかわからない。自分だったら触られたくない。彼に託していた未来があった。硬くなった頬に手をあて、お疲れ様だったな、と心で呟いた。壮大なボケであってほしいけどな、とも願った。いやこのタイミングで死ぬんかい！……いや、絶対に笑ってはいけない。

呆気に取られ続けた私たちは、放心して無言で駅まで歩きはじめた。

なにをどう整理してよいかもわからない。徳島から早稲田大学に送り込んだ両親の気持ちを想うと、どこでどうしてこうなったのか、まるで説明がつかないだろう。不条理コントのように思うかもしれない。自分にはもっとなにかできたのではないか。

私はなんとなく責任を感じたりもした。でも、彼は精一杯やっていたんですよ。それだけは、私は知っていますよ。

そんなことをそれぞれが想いながら、夜道をぞろぞろ歩いた。

そんななか、マキタさんが沈黙を破って、みんなに語り掛けた。

「気の毒だったけどさ、吉尾、触ったらカッチカチだったな！　カッチカチ。硬かったなあ！」

「……。いや、マキタさん、それ思ってても普通言わないですよ」

「でもさあ、カチカチだったんだもん。あんな硬くなるもんかね。みんな触ったでしょ？　カチカチだったよね」

ははは、はははははは。それいま言います？　人としてどうかと思いますよそれー。ははっ、たしかに硬かったですねえ。

みんなが次第に笑いはじめる。乾いた笑い声が、電灯が照らすカーブミラーから跳ね返ってきた。

これが、芸人流の送り方だった。

２０１８年春、事務所はなくなった。その年の夏には、初期のフライデーナイトライブを盛り上げたピン芸人の「おーたに」くんも病気で亡くなった。

そして、あのカチカチの夜をともに歩いたメンバーは、みなバラバラに散会した。

そしていまも、いろんな事務所で活躍している。

ふとした仕事で顔を合わせるたび、あの頃の記憶が蘇ってきて切ない気持ちにもなるが、彼らには吉尾のぶんまで活躍してもらいたいと心から願っている。

ルサンチマンの浅川は、そのまま「ルサンチマン浅川」としていまも芸人活動を続けている。

# 十日間

2022年9月23日、台風15号が日本を襲った。特に静岡県で猛威をふるい、新幹線も夜には運休を発表、車内に取り残される乗客がいたほどだった。そんな日の夜、名古屋で止まる新幹線があるというので思い出したのが、その少し前に名古屋に移住したばかりの関《せき》さんのことだ。

関さんは早稲田の大学院時代の女性の先輩で、おなじ中村明先生のゼミで笑いのレトリックの研究をしていた国内でも数少ない同志であり、仲間だ。大学院に通う人たちがどのようなイメージを持たれているかわからないが、とにかくこの先輩は優秀でありながらめちゃくちゃだった。

学部時代は本格的なバンド活動に勤《いそ》しんで全米ツアーまでしたほどだ。卒業後はバンドを離れ出版社に就職、そこもほどなくして辞めて大学院に進学、修士論文を書き上げたあとは韓国の大学に日本語教師として勤めていた。

ゼミから関さんが抜けた数年後に入学してきたのが私だった。私は同期の木村さんと笑いの研究をする上で直近の先行研究であるこの関さんの修士論文を読み解くという作業からはじめていた。毎週関さんの修士論文を読む会を自主的に催して、ここで書かれていることの意味はなにか、なぜこういう分類をしたのか、ああでもないこうでもないと議論しながら論点と課題をあぶりだしていった。はやく直接話を聞きたい。論文の各箇所に関する疑問を抱えたまま、いまだ見ぬ関さんの存在を身近に感じていた。

当時の私はすでに芸人活動をはじめており、だれよりもこのジャンルに関して身体では深く理解しているつもりではあったが、関さんの論文を読むたびに、これもやられているのか、あとはなにをしたらいいのだろうという軽い絶望感と、この壁を乗り越えれば笑いの言語的なアプローチに関しては国内に敵なしだと燃える気持ちもあった。

私が修士の2年になる頃に、関さんは韓国から戻り博士課程に入学してきた。そこから生身の関さんとの交流がはじまった。

この先輩は大学院に出戻りで入ってくるほどだから、相当なキレモノであることは間違いないのだけれど、こんな感じで社会人経験をしたり、日本語教育にも片足をつっこみつつ韓国まで行ったのに、笑いの研究をするために戻ってきているくらいなので、そのフラフラ感がハンパではない。おまけにタバコの量とお酒の摂取量が尋常ではない。赤いマルボロを一日二箱、主食はビールなのかなと思うほど最初からグビグビいく。たしかにこの人はロックだわ、と妙な説得力があった。

こちらからするとなんでもできる人のように見えるがなぜか自己肯定感が低く、「私なんかさー」が口癖かというほどネガティブな発言が多い。けど、明るい。

年数を経るごとに、公私にわたって接する時間が増えて私は関さんを理解しはじめた。私生活以外はすべてちゃんとしている、いかにもお嬢様という感じの言葉遣い。研究や仕事への姿勢。その二面性がとにかくつかみどころがない。というか、ほとんどの人が関さんのプライベートを知らないので、わりと「ちゃんとした人」と認識していたのかもしれない。大勢でいく飲み会とか、わりとパブリックな場での飲酒に関しては、上品にたしなんでいるので、猫かぶりのテクニックがすごいのだ。こういうときは、関さんはよほどちゃんとしたしつけのもとで育てられたんだなあと実感した。お兄ちゃんが二人いる末っ子っぽい人懐こさと愛嬌がありながら、決してスキを見せない完璧さは、おなじように三人兄弟の末っ子の私にはないものだった。私はもとよりいい加減である。これは個体差もあるだろうが、本人も言っていたように生育環境の賜物だろう。

たしかに関さんはお嬢様だった。お父さんもキリスト教学の大学教員だったし、お兄さんも二人とも優秀だと言っていた。そしてその環境に相応《ふさわ》しい女性になろうという思いと、そんなものからは解放されたいという思いが常に交錯していた。完璧主義である代償に、そうではない自分に常にガッカリし、同時に開き直りもしていた。次第にその二面性が大きくなっていったようにも思われた。

たとえば、我々の指導教授の中村先生への接し方にも、そんな関さんの二面性はよく出ていた。大阪の大学に就職したあとも、欠かさずお歳暮を送っているわりに、直接は先生に会いに行かないのである。「いや、関さん、先生に会いにいきましょうよ、オレなんかちょっと近く寄ったらアポなしでほいほい顔出してますよ」と言っても、「先生に顔を見せられるほど輝かしい業績を積めてない、お前ほどではない」とかえってくる。いや、オレなんもしてないですけど。論文すらもう何年も書いてないし、就職もしてないし。「お前は『笑っていいとも!』とか『笑点』とか出てたじゃん、わたし見たよ」「いや、『笑点』は業績じゃないでしょ! しかもやや滑り気味だったし。そもそも先生見てないし。テレビに出てるのは別に業績じゃないでしょう」などという不毛なやりとりになる。「私なんか」展開である。みなさんの周りにも、こういう人ひとりくらいいるのではないだろうか。つべこべ言わずに行くだけでいいのに、結果だけ見れば「連絡のようなものはあるけど、顔は出さない」という、軽く失礼な教え子になっていませんか。

思えば大阪のプール学院大学に就職したのだって、就職難の当時からしたらどえらい出世だったのだが、関さんお得意の猫かぶりがいきすぎてすぐに適応障害になって病んでしまったこともあった。なんで素で接しないのよ。お酒入ったときのあの口の悪さは大阪ならウケそうなのに。そこでもまわりが求める清楚な優等生キャラに苦しめられてるんですか。

口では神様なんていないよと言いながら、実はお父さんを尊敬し、キリスト教のことをバカにはしていなかった。あんな男なんか信用できないと言いながら、どこか自分だけを愛してくれるはずだと信じている節もあった。教え子たちの面倒がとにかく大変だと愚痴るが、だれよりも教え子たちを愛していた。とんでもないツンデレじゃないか。もっと素直になりなよ関さん。

そんなことを、仕事や使用で関西に行くたびに関さんと会って食事しては説教した夜が幾たびもあった。そう、私たちは関さんが就職してからというもの、すっかり「内縁の姉弟」のようになっていた。関さんの家にも何度か泊まらせてもらったこともあったが、男女の関係はまったくなかった。というか、関さんの男性遍歴もつまびらかに聞いてしまっていたのでお互いそんな気持ちはまったくわかなかったのだった。そもそも関さんは記憶をなくすほど酔っ払っていて、寝かしつけるところまでがワンセットのような感じだったのだ。

関西で行われた笑いに関する学会や研究会にも何度も一緒に足を運んだ。私が博士課程の古参になるころには、お互いがライバルであり同志という関係にもなっていたのだった。おい、こないだの論文オレのアイデアを少しパクッてたじゃないか、なんて文句も言ったほどだ。

　そんな関さんとも、そろそろ共著で本を出そうじゃないかと相談していたが、提案してくれた編集者が前のめりでも出版社のほうで企画が通らなかったり、編集者が転属したりして流れたりもしていた。研究は時間の勝負のようなところもあるので、はやく世に出さねばと焦っていたころに、関さんが15年務めたプール学院大学がなくなってしまった。２０１８年のことである。少子化による大学の経営難がこんなリアルな形で襲ってくるとは夢にも思わなかったが、早晩どの大学にも起こり得ることではある。結局関さんは統合された大学には行かず、東大阪大学を経て、２０２０年から名古屋の短期大学に籍を置くことになった。

　そうか、関さん、名古屋で元気にやってるかな。そんな折に、台風のニュースを見て、関さんに連絡を取ったわけである。

「関さん、生きてますかー？」呑気《のんき》にＬＩＮＥをしてみた。

「食道癌手術のあとの治りが悪く、休職中です。ｂｙモンチッチ」

は!?　関さん、癌だったの!?　なんで教えてくれないのさ。出たよ、心配させちゃいけない病。

「やばいの？　けっこう」

「ステージ3で抗がん剤and手術。癌は、食道と胃、リンパからとりました。抗がん剤で、髪が生えはじめた時は、デビュー当時の森昌子かいっ、て。全摘して、抗がん剤も続けているから大丈夫です。ただ体重が32キロなのはつらい、息が苦しい息が苦しいと」

32キロ。想像したよりもはるかに状態が悪いようだ。モンチッチとはなにかと思ったら、抗がん剤治療で髪の毛が抜けて、生え始めたばかりということか。しかし、そういうと生々しいので、モンチッチという、昔いた猿に似た妖精のキャラクターに見立ててユーモアで返してきている。

関さんが大丈夫というときは、わりと大丈夫じゃないときだ。例の二面性の処方箋を持っている私はピンときた。関さんは決して背が高いほうではないが、32キロはあまりに痩せすぎだ。身の回りの世話ができる人はいるのだろうか。

「お見舞いとか行きましょうか？　名古屋あたりならすぐだから」

「入院中は、今はコロナだから見舞いはできないよ。長野県の別荘にいたりしてます」

そうか、関さんは見知らぬ土地でいきなり癌になり、だれも見舞いにも行けない状態で手術や抗がん剤治療をしていたということか。しかし、治療が終わると別荘に行くくらいはできるということらしい。50歳を過ぎた関さんのご両親はもちろん高齢だ。簡単に名古屋まで行き来できるほどフットワークも軽くはないだろう。しかもコロナ禍とあっては、外出させること自体、関さんは心配してしまうだろう。どうやら手術をしたのは2021年末、そこから大学を病気療養で休みにして、2022年は完全に治療の年にしたらしい。一年かけて抗がん剤治療をし、歩けるようになったのはこの夏くらいからだという。

関さん、生きてますかー？　から入った私の文面が、どぎつい皮肉になっているではないか。いまもLINEの文面を入力するだけでけっこう疲弊しているのではないか。これ以上根掘り葉掘り聞くのはよしておいて、日をおいて再度連絡することにした。

二週間ほどしてまたメッセージをしてみた。

「治療のほうは一段落つきましたか？　抗がん剤で寝たきりかなぁ、まだ」

「抗がん剤は、とりあえず年内まで。大阪時代の教え子と岐阜県にピクニックに行けるぐらい、復活しました」

あ、外出できるようになったのか。歩けるようにもなったようだ。万が一にも備えて全摘出したようだし、抗がん剤治療も一通り終わったら、細々と生きながらえることができるのかもしれない。そんな希望も感じさせてくれた連絡だった。

12月14日に不意に関さんから連絡があった。

「大学決まったって？　東北の」

「なんで知ってんですか」

「先生からお歳暮のお礼状がきたの。そこに書いてあった」

「なんだよ、直接伝えてビックリさせようとしたのに」

23年4月から、私は山形にある東北芸術工科大学に勤めることになっていた。関さんには、大学は雑務が多いから就職しないほうがいいと若い頃は言われていたし、実際関さんはそれで研究にまで手が回らなくなっていたので、そういうものかなと思っていた。が、最近は年も取ったわけだし、そろそろ大学探してみたら？　とハッパをかけられていたのだった。お前ならどこにだっていけるわ、と根拠のない言葉をかけてくるのだった。

「ところで、年末年始は、中村先生のお宅に伺いますか？」

思いもよらない関さんからの質問だった。

「いくつもりですよ。一緒にいきましょうよ」

小金井にある中村先生のお宅には、だいたい正月の四日にご挨拶にうかがっていた。まだ先生が在職時には毎年大勢でうかがっていたのだが、１９３５年生まれの先生もご高齢になり、年始の挨拶はやめようということになった。しかし私は自宅が近いので、その後もゲリラ的にちらっと顔を出すことはしていたのだった。

　しかし、いままで何度誘っても結局顔を出さなかった関さんが、年始の挨拶の件に触れてきた。癌は快方に向かっているし、東京まで移動できるようだし、コロナでずっと移動できなかったから、久しぶりに東京に帰ってくるなら、せっかくなら顔を出そうと思ったのだろう。しかし、やりとりを続けていくと、お正月にご挨拶に行くなんてやっぱり気を遣わせるんじゃないか、私は階段の上り下りがまだできそうにない、と「行かない理由」を言ってくる。これは強引にでも連れていくべきなのだろう。これを逃すと次に東京に来るのはいつになるかわからない。なにより関さんの性格上、丸一年ほかの先生に迷惑をかけた分、病気明けは一生懸命働くはずだ。4月からはすでに授業の予定も入れているようだったので、なかなかチャンスはない。

　陸上部出身の関さんは、二日と三日はなにを置いても必ず箱根駅伝を見るらしい。東京には十日間いるということなのだが、私は私で寄席の正月初席の出演がありなかなか四日以降の予定が見えない。二人の予定が空いているのは元日だけだった。こんな無理なお願いはないと承知で、中村先生に元日にご挨拶にうかがうと連絡して、関さんを連れていきますと伝えた。

　2023年の元日の昼に、私は関さんの実家に車で迎えにいった。学生時代は世田谷にあった実家も、ご両親が引き払っていまは小平に移ったようで、私は正月の閑散とした旧五日市街道を新鮮な気持ちで運転して向かった。いつも渋滞しているこの道も、こういう日だと気持ちいい。すっかり葉がなくなった街路樹から見える空は晴れ渡り車内もあたたかい。待ち合わせ場所に車を停めると関さんが到着するのを待った。

数分して足を引きずるようにして、異様にゆっくり歩いてくる人が遠くに見えた。最初はお年寄りかなと思ったが、わりと小洒落《こじゃれ》たロングコートが見えてきたとき、それが関さんだとわかった。歩けるって、そのスピードでかいっ。こりゃ階段の上り下りなんかできないわけだ。

急いで走って迎えにいくと、近づく私を目で認識しただけで、歩くことに集中している。「久しぶり」とも「あけましておめでとう」とも言わずに、私は黙って関さんのカバンを持った。「いや、それ歩けるって言わないでしょう」「……これでも医者がビックリするくらい回復してんだよ」というのが、この年はじめて交わした会話であった。関さんの髪の毛は長くなっていた。あるいはウィッグだったかもしれない。しかしそこは話題にせず、車まで到着して助手席に座るよう促すと、関さんは力が入らず助手席のドアが空けられない。おいおい。よくカバン持てたな。結果的にお嬢様をエスコートするように、私は助手席のドアをあけ関さんが乗り込んでからドアをそっと閉めた。

エンジンをかけて車を出すと「いやー、ここまで動けるようになったの褒めてほしいくらいだよ」と、口だけはよく動く。

スルーして会話をはじめる「ご飯とか食べられるんですか？」

「最近ようやく、ちょっとずつね。なにせ食道取っちゃってるから、胃の先っちょをこの、喉のところまで引っ張ってんだよ、これが慣れなくて」

胃の先っちょって。

「抗がん剤治療もようやく終わったわよ。去年私、自宅に救急車二回も呼んじゃってさー、死の淵から生還しまくってんのよ。一回なんて気失って倒れてさー、駆け付けた救急隊が鍵かかってるからって、部屋に穴あけて入ってきたんだから」

ずいぶんな大事を冗談めかして喋《しゃべ》れるくらいは元気なようだ。たしかに関さんのいうように、これでもだいぶ回復したほうだというのが理解できてきた。今日の化粧はまた一段と気合が入っている。先生に元気な姿を見せようと朝から準備していた関さんがうかがいしれた。

「関さん今日きれいじゃん。もともと痩せてたけど、酒が抜けてさらにいい女になったんじゃない？」

「癌ダイエットよ。いままではお酒でむくんでただけ」

「癌ダイエット、リスク高すぎでしょ。そんなんでよく名古屋から東京の実家まで来られましたね」

「東京駅には母が迎えにきてくれたのよ。名古屋で新幹線乗るまでが大変」

「そうだと、たしかに移動だけでだいぶ疲れますね」

「そうなのよ。正月に十日も実家にいるなんて何十年ぶりかなあ。喧嘩するかもしれないけど、久々に羽のばすわ」

「ご両親とも久しぶりなんですか？」

「いや、治療してるとき一回見舞いにきたのよ。だけど、お父さんまで、なんで来たのって追い返したわ」

うれしかったくせに。家族だけは面会できるタイミングがあったようだ。それだけ切迫した状況だったということだ。でも、癌になって両親とも病室に来たら、自分でもそう言ったかもしれない。それを受け入れたら、まるで自分がもう死ぬみたいじゃないか。

先生の家につくと、少し耳の遠くなった先生に近況報告と雑談をした。この体調ではあんまり長居もできまいと思ったが、結局二時間近くいた。

途中、先生の奥さんの妙子先生（妙子先生も国際基督教大学で日本語教育に携わった研究者である）がお茶を出してくださった。そのお茶を喉でコポコポ音をさせながら飲んでいる関さんが妙に可笑《おか》しかった。

ようやく家を出るタイミングで、関さんがコートを着ようとすると、どうやらコートのボタンをうまくボタン穴に入れられない。手に力が入らないのだ。こんな状態でよく来ましたね関さん。

「オレやりますよ」と言いながら私は関さんの赤いコートのボタンをひとつずつ穴に入れていった。普段なら「そんなことすんな！　それくらいはできるわよ」と突っぱねそうなところだったが、この時ばかりはなにも言わず受け入れていた。きっとこんな感じで、これまでも降りかかった病気や苦しみを、抗わずに受け入れるしかなかったのだろう。そして、人にやってもらえることはやってもらうと受け入れてきたのだろう。あの誇り高き関さんが。

パーキングに停めてある車まで歩かせるのも不憫《ふびん》なので、先生の家の前の道路脇にあった、ごく背の低い石壁に腰かけてもらって待たせた。

帰りも車中では、新任で入った先ですぐに病気になりどれだけ申し訳ないことをしたか、この先どんな授業をやっていこうと思っているかなど聞いたりした。

「でもね、実家の両親が団地のアパートまで借りちゃって、大学やめてここに帰ってこいって言うのよ」

「それもいいかもしれないじゃないですか」

「まあねえ、でも、このままあの大学に迷惑かけたまま出ていくわけにいかないじゃない。そうするにしても、もうちょっと先かなあ」

「なんにしても、こっちのほうが家族も知り合いも多いし、なんとかなるんじゃない？　オレもいるし」

「じゃあ、そんときは頼りにするわ」

そんなことを言って別れた。自宅までカバンを持って背負っていこうかとも思ったが、きっと拒否しただろう。


関さんが名古屋の自宅で亡くなっているのがわかったのは、その約二週間後だった。十日間を実家で過ごしたあと名古屋に戻ったものの、病院の定期健診に姿を現さず、連絡をしても反応がない。いよいよご両親が心配になって名古屋まで行き、管理人に鍵を開けてもらって発見したという。

自死でもなく、不意に亡くなった。解剖もあって、葬式は名古屋の教会で行われた。連絡をしようにも、スマートフォンのロックの解除の仕方がわからず、連絡できたのは大学関係者のみ。友人や教え子などは関さんの死を知っているのだろうか。関さんは、15年勤めた大阪から離れて、ほとんど知り合いのいない土地でひとり静かに亡くなった。

ご両親によれば、正月の二日以降は駅伝を楽しみ、お母さんと買い物に行ったり、手料理を食べ、いたって普段通りに過ごしたことが、本人はとても幸せだと感じたらしい。その感動を両親に伝えて名古屋に戻ったそうだ。

4月からの授業のために、ヨシタケシンスケさんの名古屋での個展を楽しみにしていたらしい。しかしその感想がご両親に届くことはなかった。おそらくは、名古屋の家に戻ってすぐに亡くなったということだ。

遺品もいくつか頂戴した。大学の研究室に置いていたであろう時計や額縁に入ったポスターや、蔵書も何点かもらい受けた。納骨にも立ち会った。

私はまだキツネにつままれたような気持ちのままでいる。あれは、正月の夢だったのではないだろうか。関さんの時計は、いまは山形の私の研究室にある。最初の頃は毎週行くたびに大幅に遅れていた時計が、いまはきちんと時を刻んでいる。

# あとがき

単行本の出版から三年が経った。

人の死は圧倒的なものから少しずつ、時間をかけて希薄なものになっている。

おそらくいまは、天然ものの人類が、本来の寿命をまっとうできる最後の時期であり、将来的な観点に立てば、人為的に命の長さをコントロールできなかった人類前期といったところだろう。寿命が長くなればなるほどに、自分の意思で死のタイミングすらコントロールすることが当たり前になっていくことだろう。そう考えると、死が悲しかった時代というのは今世紀くらいまでかもしれないが、そうであるならば、死が残された者にとって大きな意味を持っていた時代の記録くらいあっても良いだろう。

テレビドラマの再放送を見ていて「この俳優さん、死んだっけ？」「いやまだ生きてるよ」「この俳優さん最近見ないね」「亡くなったんだよ」なんていう会話が日常的に繰り広げられているのを聞くにつけ、死の概念が、私が若かった時代とはゆるやかに、しかし確実に変容している事実にぞっとしたりもする。そうでなければ、有名人が亡くなってすぐに思い出を語り、ご冥福をお祈りし、場合によってR．I．P．と付して、だれもがその人の人生を評価し、その日のうちに消化してしまうような、「ご冥福ビーチフラッグ競争」は起きていないはずだ。希薄になった死が、サイコパスのようになってしまった人々に、まるでカフェで食べたスイーツの感想を語るような自分語りのエンタメとして消費されて、もう長い時間が経つ。だれかの「死」はもっと、残されたものが人生をかけて考えるべき問題ではなかったか。死が希薄になったことは、生も希薄になったということだろう。生きながら生きた心地がしない人たちが増えているのかもしれない。

「左談次をありがとな」とおっしゃってくださった高田文夫先生、左談次と石井さんに成り代わり御礼を申し上げると御馳走してくれた快楽亭ブラック師匠、上野文庫に通っていた人たち、「鶴とオルガン」がなによりも好きだと言ってくださった小林のり一先生（2022年死去）、ラジオで本書を紹介してくれた神田伯山先生、丁寧な手書きのお礼状を送ってくれた宮林医院の菊池りか先生、「時計の針」を読んでメッセージをくれた同窓生など、この本に書き残した人たちが巡り合わせてくださったようなご縁もあり、まだまだ彼らは生きているんだと実感している。確かに生きてだれかに影響を与えていた彼らの死が、私を生かし、育てている。

ひとつ後悔があるとすれば、私にブンガクというものを与えてくれ、芸人活動まで応援してくれた学部時代の恩師、平岡篤頼先生のことをこの本では書ききれなかったことだ。研究者は実践者でもあれ、つねに研究と実践は両輪だとおっしゃっていた平岡先生のことは、その死があまりに突然すぎて、亡くなって18年が経つ現在でも、いまだ消化できていない。だからこれは書く時間がなかったというわけではない。気持ちの整理ができていないまま、記憶が薄れていく。これが常なのかもしれない。同時代を生きたコービー・ブライアントに関しても同様である。

　単行本から文庫化まで面倒を見てくださったKADOKAWAの麻田江里子さん、素敵なイラストで雰囲気を伝えてくださった大嶋奈都子さん（単行本の表紙や、ハンコの作製までも！）、文庫化に際して新たにカバーイラストを担当してくださった安《あん》藤巨樹《どうなおき》さん、素敵なデザインに仕上げてくださった國枝達也さん、そして校閲をしてくださった皆さま、サイン会もできないコロナ禍に単行本を購入してくださった皆さま、誠にありがとうございます。

　まもなく父が亡くなった年齢になる。そろそろ順番通りの死が自らを囲んでいく。そしてそれはもう、案外怖くはない。

本書は二〇二〇年六月に小社より刊行した単行本を文庫化したものです。文庫化にあたり、「百年の柿」（月刊誌「鷹」二〇二三年六月号（鷹俳句会）より加筆修正）、「カチカチ」「十日間」（ともに書き下ろし）を新たに収録しました。

扉デザイン／國枝達也
挿　絵／大嶋奈都子

# これやこの

## サンキュータツオ随筆集《ずいひつしゅう》

サンキュータツオ

令和5年 8月25日　初版発行

発行者●山下直久

発行●株式会社KADOKAWA
〒102-8177　東京都千代田区富士見2-13-3
電話　0570-002-301（ナビダイヤル）

角川文庫 23771

印刷所●株式会社暁印刷
製本所●本間製本株式会社

表紙画●和田三造


ISBN 978-4-04-400778-2　C0195

◇◇◇

# 角川文庫発刊に際して

角　川　源　義

第二次世界大戦の敗北は、軍事力の敗北であった以上に、私たちの若い文化力の敗退であった。私たちの文化が戦争に対して如何に無力であり、単なるあだ花に過ぎなかったかを、私たちは身を以て体験し痛感した。西洋近代文化の摂取にとって、明治以後八十年の歳月は決して短かすぎたとは言えない。にもかかわらず、近代文化の伝統を確立し、自由な批判と柔軟な良識に富む文化層として自らを形成することに私たちは失敗して来た。そしてこれは、各層への文化の普及滲透を任務とする出版人の責任でもあった。

一九四五年以来、私たちは再び振出しに戻り、第一歩から踏み出すことを余儀なくされた。これは大きな不幸ではあるが、反面、これまでの混沌・未熟・歪曲の中にあった我が国の文化に秩序と確たる基礎を齎らすためには絶好の機会でもある。角川書店は、このような祖国の文化的危機にあたり、微力をも顧みず再建の礎石たるべき抱負と決意とをもって出発したが、ここに創立以来の念願を果すべく角川文庫を発刊する。これまで刊行されたあらゆる全集叢書文庫類の長所と短所とを検討し、古今東西の不朽の典籍を、良心的編集のもとに、廉価に、そして書架にふさわしい美本として、多くのひとびとに提供しようとする。しかし私たちは徒らに百科全書的な知識のジレッタントを作ることを目的とせず、あくまで祖国の文化に秩序と再建への道を示し、この文庫を角川書店の栄ある事業として、今後永久に継続発展せしめ、学芸と教養との殿堂として大成せんことを期したい。多くの読書子の愛情ある忠言と支持とによって、この希望と抱負とを完遂せしめられんことを願う。

一九四九年五月三日

# 角川文庫ベストセラー

## 学校では教えてくれない！国語辞典の遊び方

サンキュータツオ

芸人ならではの切り口で、代表的な国語辞典を例にとりながら、語数、品詞、デザイン、歴史、用例、語釈などから辞書の魅力や違いを多面的に紹介。あなたの知らないディープな辞書の魅力を味わえる一冊！

## ヘンな論文

サンキュータツオ

珍論文ハンターのサンキュータツオが、人生の貴重な時間の多くを一見無駄な研究に費やしている研究者たちの大まじめな珍論文を、芸人の嗅覚で突っ込みながら解説する、知的エンターテインメント本！

## もっとヘンな論文

サンキュータツオ

一見すると「そんなことも研究になるの!?」と驚く論文がこの世界にはたくさんある！　私たちの知らないディープな研究の世界を、珍論文ハンターの著者が愛情たっぷりに紹介する知的エンターテイメント！

## 見仏記

いとうせいこう
みうらじゅん

幼少時から仏像好きのみうらじゅんが、仏友・いとうせいこうを巻き込んだ、〝見仏〟の旅スタート！　数々の仏像に心奪われ、みやげ物にも目を光らせる。仏像ブームの元祖、抱腹絶倒の見仏記シリーズ第一弾。

## 見仏記2
仏友篇

いとうせいこう
みうらじゅん

見仏コンビの仏像めぐりの旅日記、第二弾！　四国でオヘンローラーになり、佐渡で親鸞に思いを馳せる。ふと我に返ると、気づくは男子二人旅の怪しさよ……。ますます深まる友情と、仏像を愛する心。

# 角川文庫ベストセラー

## 見仏記3　海外篇

いとうせいこう
みうらじゅん

見仏熱が高じて、とうとう海外へ足を運んだ見仏コンビ。韓国、タイ、中国、インド、そこで見た仏像たちが二人に語りかけてきたこととは……。常識人なら絶対やらない過酷ツアーを、仏像のためだけに敢行！

## 見仏記4　親孝行篇

いとうせいこう
みうらじゅん

ひょんなことから、それぞれの両親と見仏をする「親見仏」が実現。親も一緒ではハプニング続き。ときに盛り上げ、ときに親子げんかの仲裁に入る。いつしか仏像もそっちのけ、親孝行の意味を問う旅に……。

## 見仏記5　ゴールデンガイド篇

いとうせいこう
みうらじゅん

京都、奈良の有名どころを回る〝ゴールデンガイド〟を目ざしたはずが、いつしか二人が向かったのは福島県。会津の里で出会った素朴で力強い仏像たちが二人の心をとらえて放さない。笑いと感動の見仏物語。

## 見仏記6　ぶらり旅篇

いとうせいこう
みうらじゅん

ぶらりと寺をまわりたい。平城遷都1300年にわく奈良、法然上人800回忌で盛り上がる京都、そして不思議な巡り合わせを感じる愛知。すばらしい仏像たちを前に二人の胸に去来したのは……。

## 見仏記7　仏像ロケ隊がゆく

いとうせいこう
みうらじゅん

仏像を見つめ続け、気づけば四半世紀。仏像を求めて移動し、見る、喩える、関係のない面白いことを言う。それだけの繰り返しが愛おしい、脱線多めの見仏旅。ますます自由度を増す2人の珍道中がここに！

# 角川文庫ベストセラー

## 江戸落語奇譚 寄席と死神

奥野じゅん

夜な夜な怪異で悩まされていた大学2年生の桜木月彦。ある日であったのは、江戸落語にまつわるおばけを研究している青野という男性だった。第6回角川文庫キャラクター小説大賞優秀賞受賞作。

## 江戸落語奇譚 始まりと未来

奥野じゅん

大学2年生の桜木月彦は、青野の活躍を見るうちに、自分がやりたいことを見つけたくなってきた。今回の相談は、落語家さんがお世話になったひとを招待しようと店を訪れたが、なぜか仲が険悪になってしまい――。

## 伊豆の踊子

川端康成

孤独の心を抱いて伊豆の旅に出た一高生は、旅芸人の十四歳の踊り子にいつしか烈しい思慕を寄せる。青春の慕情と感傷が融け合って高い芳香を放つ、著者初期の代表作。

## 雪国

川端康成

国境の長いトンネルを抜けると雪国であった。「無為の孤独」を非情に守る青年・島村と、雪国の芸者・駒子の純情。魂が触れあう様を具に描き、人生の哀しさ美しさをうたったノーベル文学賞作家の名作。

## 山の音

川端康成

会社社長の尾形信吾は、「山の音」を聞いて以来、死への恐怖に憑りつかれていた――。日本の家の閉塞感と老人の老い、そして生への渇望と老いや死を描く。戦後文学の最高峰に位する名作。

# 角川文庫ベストセラー

# 角川文庫ベストセラー

椎名誠　超常小説ベストセレクション　椎名誠

過去30年にわたって発表された小説の中から著者が厳選し加筆・修正した超常小説のベストセレクション。〝シーナワールド〟と称されるSFにもファンタジーにも収まりきらない〝不思議世界〟の物語を濃密収録。

長さ一キロのアナコンダがシッポを噛まれたら　椎名誠

もし犬や猫と会話できるようになったら？　長さ一キロのアナコンダがシッポを噛まれたら？　行動派作家、椎名誠が思考をアレコレと突き詰めて考えた！くねくねと脳ミソを刺激するふむふむエッセイ集。

地球上の全人類と全アリンコの重さは同じらしい。　椎名誠

人間とアリの本質的な違いとは何か？　地球の水はどうなってしまうのか？　中古車にはなぜ風船が飾られているか？　椎名誠が世界をめぐりながら考えた地球のこと未来のこと旅のこと。

さらばあやしい探検隊　台湾ニワトリ島乱入　椎名誠

シーナ隊長の号令のもとあやしい面々が台湾の田舎町に集結し、目的のない大人数合宿を敢行！　ニワトリ集団と格闘し、離島でマグロを狙い、小学生たちと真剣野球勝負。〝あやたん〟シリーズファイナル！

ぼくの旅のあと先　椎名誠

暑いところ寒いところ、人のいるところいないところ――。世界を飛び回って出会ったヒト・モノ・コトが軽快な筆致で躍動する、著者の旅エッセイの本領。読めば探検・行動意欲が湧き上がること必至の1冊！

# 角川文庫ベストセラー

## 霊道紀行

辛酸なめ子

守護霊、ポルターガイスト、生き霊、憑依、ドッペルゲンガー……来るべくアセンション（次元上昇）に向けて、著者自らが数々の心霊スポットを訪ね歩き修業をした体当たりエッセイ！ スピリチュアル入門の書。

## 天使に幸せになる方法を聞いてみました

辛酸なめ子

外界に惑わされずに内なる霊格を高めたい。そう願う著者が様々なスピリチュアル修行にチャレンジ。隠れた聖地を巡る著者に天使が語りかけたのは？ 真の幸せを求める全ての人に贈る『霊的探訪』改題文庫化！

## オトコのカラダはキモチいい

二村ヒトシ
金田淳子
岡田育

前立腺だって、愛されたい——。AV監督の二村ヒトシ、腐女子代表の岡田育、BL研究家の金田淳子という3巨頭が、禁断の男性の体について徹底的に語り下ろす。10年先のエロの現場まで見通せます。

## 殿下とともに

浜尾実

「殿下は、私に、笑顔の思い出をたくさん与えてくださいました」生来のお人柄、兄としての責任感、周囲への気配り——。天皇の幼少期に養育係を務めた元東宮侍従が貴重なエピソードを綴る、心に響くエッセイ。

## 歌集 滑走路

萩原慎一郎

歌集としては異例のベストセラー、そして映画化！ いじめ、非正規雇用、恋……。逆境に負けずそれでも生きる希望を歌い続けた歌人・萩原慎一郎が遺した唯一の歌集がついに文庫化。

# 角川文庫ベストセラー

## 日本のヤバい女の子 覚醒編

著・イラスト／はらだ有彩

「昔々、マジで信じられないことがあったんだけど聞いてくれる？」昔話という決められたストーリーを生きる女子の声に耳を傾け、慰め合い、不条理にはキレる。エッセイ界の新星による、現代のサバイバル本！

## 日本のヤバい女の子 抵抗編

著・イラスト／はらだ有彩

年を取ったから／体型が標準じゃないから／趣味が変わってるから……様々な形で否定される理不尽に昔話の女子はどう抵抗したのか？　新鋭エッセイストはらだ有彩の代表作『日本のヤバい女の子』続編が文庫化！

## 自閉症の僕が跳びはねる理由

東田直樹

「自閉の世界は、みんなから見れば謎だらけです」会話のできない自閉症者である中学生がその心の声を綴り、希望と感動をもたらした世界的ベストセラー。Q&A方式で、みんなが自閉症に感じる「なぜ」に答える。

## 自閉症の僕が跳びはねる理由2

東田直樹

「僕たちはただ、みんなとは様々なことが少しずつ違うだけなのです」世界的ベストセラーの高校生編。成長して気づけた喜びや希望を綴る。会話ができずもがきながらも文庫化にあたり16歳当時の日記を初公開！

## あるがままに自閉症です

東田直樹

「僕は、この世界でひとりぼっちでした。そんな思いを、もう誰にもしてほしくはないのです」重度の自閉症者である著者が18歳になり、新たな発見や心情の変化をありのままに綴る。支えてくれる人々へ贈る感動のメッセージ。

# 角川文庫ベストセラー

ロマンス小説の七日間　三浦しをん

海外ロマンス小説の翻訳を生業とするあかりは、現実にはさえない彼氏と半同棲中の27歳。そんな中ヒストリカル・ロマンス小説の翻訳を引き受ける。最初は内容と現実とのギャップにめまいものだったが……。

月魚　三浦しをん

『無窮堂』は古書業界では名の知れた老舗。その三代目に当たる真志喜と「せどり屋」と呼ばれるやくざ者の父を持つ太一は幼い頃から兄弟のように育つ。ある夏の午後に起きた事件が二人の関係を変えてしまう。

白いへび眠る島　三浦しをん

高校生の悟史が夏休みに帰省した拝島は、今も古い因習が残る。十三年ぶりの大祭でにぎわう島である噂が起こる。【あれ】が出たと……悟史は幼なじみの光市と噂の真相を探るが、やがて意外な展開に！

ののはな通信　三浦しをん

ののとはな。横浜の高校に通う2人の少女は、性格が正反対の親友同士。しかし、ののははなに友達以上の気持ちを抱いていた。幼い恋から始まる物語は、やがて大人となった2人の人生へと繋がって……。

校閲ガール　宮木あや子

ファッション誌編集者を目指す河野悦子が配属されたのは校閲部。担当する原稿や周囲ではたびたび、ちょっとした事件が巻き起こり……読んでスッキリ、元気になる！　最強のワーキングガールズエンタメ。